MIRA®

Der Preis dieses Bandes versteht sich einschließlich
der gesetzlichen Mehrwertsteuer.

Umwelthinweis:
Dieses Buch wurde auf chlor- und säurefreiem Papier gedruckt.

Nora Roberts

Die MacKades 4
Hochzeit im Herbst

Roman

Aus dem Amerikanischen von
Emma Luxx

MIRA®

MIRA® TASCHENBUCH
Band 25204
1. Auflage: Dezember 2006

MIRA® TASCHENBÜCHER
erscheinen in der Cora Verlag GmbH & Co. KG,
Axel-Springer-Platz 1, 20350 Hamburg

Titel der nordamerikanischen Originalausgabe:
The Fall of Shane MacKade

erschienen bei: Silhouette Books, Toronto
Published by arrangement with
Harlequin Enterprises II B.V., Amsterdam

Konzeption/Reihengestaltung: fredeboldpartner.network, Köln
Umschlaggestaltung: pecher und soiron, Köln
Redaktion: Sarah Sporer
Titelabbildung: Corbis GmbH, Düsseldorf
Autorenfoto: © by Harlequin Enterprise S.A., Schweiz
Satz: Buch-Werkstatt GmbH, Bad Aibling
Druck und Bindearbeiten: Ebner & Spiegel, Ulm
Printed in Germany
ISBN 3-89941-297-4

www.mira-taschenbuch.de

PROLOG

Eine dicke Eisschicht hatte sich über den von Schnee frei geschaufelten Pfad gelegt und machte das Laufen zu einem gefährlichen Balance-Akt. Ganz weit hinten am östlichen Horizont ließ sich das erste Morgengrauen erahnen, doch noch war der Himmel dieses eiskalten Wintermorgens schwarz wie Tinte, nur vereinzelt blitzten silberne Sterne auf. Jeder Atemzug, den man einsog, schnitt scharf wie Rasierklingen in Kehle und Lungen, bevor man ihn in einer weißen Dampfwolke wieder ausstieß.

Eingepackt in mehrere Lagen dicker Pullover sowie zwei Hosen zuzüglich langer Unterhosen, mit dicken Fäustlingen, Schal und Mütze, stapfte Shane MacKade in Richtung Melkschober, auf dem Weg zu den ersten Pflichten des Tages. Im Gegensatz zu seinen drei älteren Brüdern pfiff er leise vor sich hin.

Er liebte diese frühe Stunde vor dem winterlichen Sonnenaufgang, wenn der Frost noch knackte und der unberührte Schnee unter den Stiefeln knirschte.

Jared, der älteste der vier MacKades, war jetzt fast siebzehn, und als Ältester führte er die Farm. Allerdings führte er sie, wie ein Buchhalter sich wohl an seine Abrechnungen machen würde. Für ihn waren das alles nur Zahlenkolonnen auf einem Blatt Papier. Nun, vielleicht war das sogar ganz gut so. Vor zwei Monaten hatten sie ihren Vater verloren, und die Zeiten sahen im Moment alles andere als rosig aus.

Und was Rafe anbelangte … Die Zukunftsvisionen des Fünfzehnjährigen gingen bereits weit über die Hügel und Felder des MacKade-Landes hinaus. Das Melken, Füttern und Versorgen der Tiere waren für ihn eine leidige Pflicht, die es einfach zu erledigen galt. Und obwohl sie nie wirklich darüber gesprochen hatten, so wusste Shane doch, dass der Tod des Vaters Rafe am härtesten getroffen hatte.

Sie alle hatten ihren Vater geliebt. Wie hätte man Buck MacKade auch nicht lieben können? Einen Mann mit einer Stimme wie Donnerhall, mit Händen wie Schaufeln und einem Herzen, genauso weit wie das MacKade-Land. Alles, was Shane über das Land und die Farm wusste, über die Tiere, über all das, was er so liebte, wusste er von Buck MacKade. Der Vater hatte die Liebe für das Land an seinen jüngsten Sohn weitergegeben.

Vielleicht war das der Grund, warum Shane nicht vor Kummer umkam. Das Land war immer noch da, also war sein Vater auch irgendwie da. Und würde immer da sein.

Mit Devin hätte er vielleicht darüber reden können. Mit vierzehn war Devin bereits ein ausgezeichneter Zuhörer, außerdem standen sie sich altersmäßig am nächsten. Immerhin wurde Shane am Dienstag dreizehn. Das war ein Riesenschritt in Richtung Erwachsenwerden.

Trotzdem behielt er den Gedanken lieber für sich.

Im Kuhstall regten sich die ersten Tiere, vereinzeltes Muhen ertönte, Quasten schweiften durch die Luft, als alles für das morgendliche Melken vorbereitet wurde. Es war eine ziemlich einfache Aufgabe, eigentlich sogar ein wenig monoton. Aber Shane machte diese Arbeit Spaß, er genoss die Gerüche, die Laute und Geräusche, die immer wiederkehrende Routine. Während er und Devin sich daranmachten, die zweite Gruppe Kühe anzuschließen, führten Rafe und Jared die von ihrer Milch erleichterten Tiere bereits nach draußen.

Sie waren ein gut eingespieltes Team, schnell und effizient, trotz der unchristlich frühen Stunde und der ebenso ungnädigen Temperaturen. Im Grunde genommen hätte einer von ihnen gereicht, um diese

Arbeit zu übernehmen, im Höchstfalle vielleicht zwei, aber die MacKade-Brüder hatten schon immer alles zusammen gemacht. Und besonders in diesen Tagen.

Aber da waren auch noch die Hühner und die Schweine, die es zu versorgen galt. Eier mussten eingesammelt, Ställe ausgemistet, neues Stroh verteilt werden. Und das alles noch, bevor sie endlich ihr Frühstück hinunterschlingen und sich dann zu viert in Jareds altes Auto quetschen konnten, um zur Schule zu fahren.

Wenn es nach ihm ginge, hätte Shane gut auf diesen Teil mit der Schule verzichten können. In der Schule lernte man nicht, wie gepflügt und wann gepflanzt wurde. Diese Bücher in der Schule verrieten einem nichts darüber, wann man am besten mit der Saat begann oder wann die Zeit günstig war, um zu ernten. Und schon gar nichts darüber, wie man am Geruch der Luft das Wetter voraussagen konnte oder wie man an den Augen einer Kuh erkannte, ob sie krank war oder gesund.

Aber seine Mutter hielt sehr viel von diesen Büchern, und in der Beziehung ließ sie absolut nicht mit sich reden.

„Was zum Teufel macht dich eigentlich so widerlich glücklich?“, brummte Rafe und schlug zwei leere Stahleimer aneinander. „Dieses Gepfeife treibt mich noch irgendwann in den Wahnsinn.“

Shane grinste nur und pfiff weiter. Er unterbrach sich nur, um den Kühen ein paar aufmunternde Worte zukommen zu lassen. „So ist es richtig, Mädels, macht nur alle Container schön voll.“ Shane ging an der Reihe der Tiere entlang, tätschelte den Kühen den Hals und kontrollierte noch einmal alle Saugdüsen.

Rafe folgte seinem Bruder mit den Augen, ohne ihn richtig zu sehen. „Irgendwann schlage ich ihm noch mal alle Zähne ein“, murmelte er vor sich hin.

„Lass ihn doch“, feixte Devin. „Bei ihm ist der Hirntod doch schon längst eingetreten.“

Rafe grinste breit. „Du hast recht. Und außerdem – es ist so verdammt kalt, dass meine Finger wahrscheinlich wie Glas zerbersten würden, wenn ich ihm meine Faust ins Gesicht pflanze.“

„Heute wird's aber noch warm.“ Shane stützte sich auf einen breiten Kuhrücken. „Na ja, mindestens so um den Gefrierpunkt, wahrscheinlich sogar über null.“

Rafe machte sich gar nicht erst die Mühe zu fragen, woher Shane dieses Wissen hatte. Shane wusste es einfach. Er wusste es immer. „Na und?“ Mit lässigen Schritten verließ er den Kuhstall und ging zur Scheune hinüber.

„Was ist denn mit dem los?“, murmelte Shane verdutzt. „Hat er sich vielleicht einen Korb von irgendeinem Mädchen geholt?“

„Nein, er hasst nur einfach Kühe.“ Jared kam zurück, er roch nach Getreide und Mais.

„So was Blödes. Dabei sind Kühe doch so nette Tiere. Nicht wahr, Mädel, du bist eine ganz Süße, was?“ Er schlug der Kuh liebevoll mit der flachen Hand auf das Hinterteil.

„Shane liebt Kühe.“ Devin grinste das typische MacKade-Grinsen, bei dem sich Grübchen an jeder Seite der Mundwinkel bildeten. „Da hat er auch mehr Glück beim Küssen, als wenn er es bei einem Mädchen versuchen würde.“

Shanes Kopf schoss hoch, und seine Augen verengten sich. „Ich kann jedes Mädchen küssen, das ich küssen will – wenn ich es denn küssen wollte.“ Sein Körper unter den Lagen Winterkleidung spannte sich an. Er war zum Sprung bereit.

Jared erkannte die typischen Vorzeichen und schüttelte den Kopf. Er hatte jetzt wirklich keine Lust auf eine Rangelei. Es gab noch viel Arbeit zu erledigen, und außerdem stand ihm eine Klassenarbeit in englischer Literatur bevor. Devin und Shane waren ungefähr gleich stark und gleich wendig, eine Rauferei zwischen ihnen konnte ewig dauern.

„Sicher, du bist ein wahrer Don Juan." Er sagte das nur, damit Shane seine Wut auf ihn lenken würde. „All die kleinen Mädchen ziehen sich ihre Sonntagskleidchen an und warten geduldig in der Schlange, um sich bei dir einen Kuss abzuholen."

Devin spitzte die Lippen und machte schmatzende Laute in die Luft, die wohl Küsse nachahmen sollten. Jared hätte ihm am liebsten den Hals umgedreht. Als Shane herumschwang, um genau das zu tun, ging er allerdings dazwischen. „Aber bevor du sie reihenweise in Ohnmacht fallen lässt, du Herzensbrecher … Das Wasser in den Trögen ist eingefroren. Und diese Kühe hier haben Durst."

Shane stampfte wütend nach draußen, nicht ohne Devin vorher noch einen Blick zugeworfen zu haben, der diesem sagte, dass die Angelegenheit noch lange nicht ausgestanden war.

Natürlich konnte er ein Mädchen küssen. Jedes Mädchen. Shane hackte wütend auf die dicke Eisschicht im Trog ein. Wenn er wollte. Aber er wollte eben nicht.

Nun, vielleicht regte sich da doch ein wenig Interesse, gestand er sich eher unwillig ein und hauchte sich wärmend auf die steifen Finger. Einige der Mädchen, die er kannte, begannen langsam ziemlich interessante Formen zu entwickeln. Und als Sharilyn, Jareds Freundin, letztens neben ihm in Jareds Auto gesessen hatte, eng an ihn gepresst, aus dem einfachen Grund, weil vorn im Wagen nicht so viel Platz war, da hatte er dieses seltsame Kribbeln gespürt …

Wahrscheinlich konnte er sogar Sharilyn küssen. Wenn er wollte.

Er legte das schwere Stemmeisen beiseite und sah über das Dach des Milchschobers, über dem die Sterne auffunkelten. Da würde Jared mit Sicherheit ziemlich dumm aus der Wäsche gucken. Sie alle glaubten ja, er hätte keine Ahnung, nur weil er der Jüngste war. Aber er wusste ganz genau, wie das ablief. Zumindest konnte er sich sehr genau vorstellen, wie so was ablief.

Er warf sich das Stemmeisen über die Schulter und machte sich vorsichtig rutschend und schlingernd auf den Weg zum Schweinestall.

Natürlich wusste er, was Sex war und wie er funktionierte. Schließlich war er auf einer Farm aufgewachsen. Er hatte oft genug gesehen, wie verrückt ein Bulle wurde und wie ihm die Augen aus dem mächtigen Schädel zu fallen drohten, wenn man ihn zur Kuh führte. Allerdings hatte ihm das nie nach sehr viel Spaß ausgesehen. Bisher. Doch jetzt bemerkte er langsam, mit welch interessanten Dingen die Mädchen ihre Blusen auszufüllen begannen …

Er wünschte, er wäre endlich erwachsen. Er wünschte, er könnte es irgendwie beweisen, dass er erwachsen war – und nicht nur damit, dass er bei jeder Rauferei mithielt. Aber im Moment schien ihm nichts anderes übrig zu bleiben, als abzuwarten, bis es so weit war. Das Wissen, dass er dann endlich sein Leben in die eigene Hand würde nehmen können, war immerhin beruhigend.

Das Land gehörte ihm. War ein Teil von ihm, mit ihm verwachsen, solange er denken konnte. Als hätte jemand neben seiner Wiege gestanden und ihm unablässig diese Worte ins Ohr geflüstert: die Farm. Das Land. Nur das zählte. Und falls er ein Mädchen haben wollte oder vielleicht sogar einen ganzen Harem – nun, dann würde er auch das bekommen.

Aber die Farm war das Wichtigste.

Er sah zu der schneebedeckten Bergkette im Osten hinüber, die jetzt in der aufgehenden Sonne aufflammte. Das Land und die Farm, die sein Vater bewirtschaftet hatte. Und vor ihm dessen Vater. Sie hatten Überschwemmungen und Dürren überlebt. Und den Krieg.

Shane verlor sich in seinen Gedanken, als er über das weiße Feld wanderte. Sie hatten auf diesen Feldern gesät und geerntet, selbst als sich Männer im Grau der Konföderierten und im Blau der Unierten hier auf den Feldern und in den dichten Wäldern schreiend ins Kampfgetümmel geworfen hatten.

Und auf der anderen Seite der Wälder war die Farm heil geblieben.

Er konnte es sich genau vorstellen, wie es gewesen war. Die steinige Erde mit einem Pferdepflug zu wenden, mit schmerzendem Rücken, mit von der Arbeit rauen Händen. Aber die Saat wurde ausgebracht, und als Belohnung konnte man dann alles wachsen sehen. Die Maisfelder, saftig grün, die Weiden, mit hoch stehendem, sich im Wind wie Wellen wiegendem Gras, der Weizen, der im Sommer reifte und dann aussah wie flüssiges Gold.

Selbst als die Soldaten kamen, als das Schwarzpulver das Korn versengte, konnten sie dem Land nichts anhaben. Hier waren Menschen gefallen, dachte Shane, und ein Schauer kroch über seinen Rücken. Männer hatten hier im Todeskampf gelegen und gequält geschrien, hatten sich in ihrem eigenen Blut gewälzt, das die Erde tränkte.

Aber das Land, für das und um das sie gekämpft hatten, hatte das nicht verändert. Das Land hatte es erduldet. Es hatte überdauert.

Er merkte, wie er bei dem Gedanken verlegen wurde. Das Gefühl, das dieser Gedanke barg, war so stark, dass ihm fast schwindlig davon wurde. Er war froh, dass er allein war, dass seine Brüder ihn nicht sehen konnten. Er hätte ihnen nie erklären können, woher dieses sichere Wissen stammte, dass es schon immer sein Land gewesen war und dass es auch wieder sein Land werden würde.

Er wusste es einfach.

Als er das Geräusch hinter sich hörte, schulterte er wieder das Eisen und drehte sich ganz langsam um, achtsam darauf bedacht, sein Gesicht völlig ausdruckslos zu halten.

Aber da war niemand.

Er schluckte. Er war sicher, etwas gehört zu haben. Ein Geräusch, so als ob sich jemand bewegt hätte, dann ein leiser schwacher Schrei. Es war nicht das erste Mal, dass er die Geister gehört hatte. Sie lebten hier, so wie er es tat. Auf den Feldern, in den Wäldern, in den Hügeln. Trotzdem jagten sie ihm Angst ein.

Er nahm all seinen jungen Mut zusammen und ging um den Schober herum, auf das alte Räucherhaus zu. Wahrscheinlich ist es wieder nur mal Devin, beruhigte er sich, oder auch Rafe oder vielleicht sogar Jared, die ihn hochnehmen und ihm einen anständigen Schrecken einjagen wollten. Das hatten sie schon einmal mit ihm gemacht, damals, als sie die Nacht in dem alten Barlow-Haus auf der anderen Seite des Waldes verbracht hatten. Eine Mutprobe. Denn in dem alten Haus gab es so viele Geister, wie es Spinnweben gab.

„Komm schon, Dev, lass den Blödsinn“, sagte er laut in die Stille hinein. Laut genug, um sich selbst Mut zu machen.

Doch als er um das Haus herumging, war keine Spur von seinen Brüdern zu sehen, auch keine Fußabdrücke im Schnee. Für einen Sekundenbruchteil glaubte er, eine Gestalt erkennen zu können. Zusammengekrümmt auf dem Boden liegend, mit totenblassem Gesicht, Blut sickerte aus einer großen klaffenden Wunde.

Hilf mir. Bitte hilf mir. Ich sterbe.

Doch als Shane einen Schritt vor machte, war da nichts. Absolut nichts. Nur diese Worte hallten in seinen Ohren nach.

Shane stand regungslos da, ein Junge, auf den alle Wunder des Lebens noch warteten, und starrte auf den jungfräulichen Schnee. Schaudernd stand er da, während die Kälte durch seine Sachen kroch, in seine Knochen, bis ins Mark.

Dann hörte er plötzlich das Lachen seiner Brüder und die Stimme seiner Mutter, die ihre Söhne zum Frühstück rief, damit sie sich beeilen sollten, um nicht zu spät zur Schule zu kommen.

Abrupt schwang er herum, verdrängte das gespenstische Erlebnis und weigerte sich, an das zu denken, was er gehört und gesehen hatte.

Er ging zurück zum Haus und verlor kein Wort über diesen einen kurzen, beklemmenden Moment.

1. KAPITEL

Shane MacKade liebte die Frauen. Er liebte ihr Aussehen, ihren Duft, den Klang ihrer Stimme. Er liebte sie, ohne Vorbehalt und vorurteilsfrei. Ob groß oder klein, üppig oder mager, alt oder jung, für ihn hatte jede Frau etwas ganz Besonderes, das sie von anderen unterschied und von dem er sich magisch angezogen fühlte.

Er hatte in seinen zweiunddreißig Lebensjahren sein Möglichstes getan, um die Frauen die grenzenlose Verehrung, die er für ihr Geschlecht empfand, spüren zu lassen. Und er betrachtete sich als einen glücklichen Mann, weil er nicht nur liebte, sondern auch wiedergeliebt wurde.

Doch seine Liebe zu Frauen war nicht seine einzige Liebe. Seine Familie, seine Farm, der Duft von frisch gebackenem Brot, der erste Schluck kühlen Bieres nach einem langen Arbeitstag.

Aber Frauen in ihrer Vielfalt, in ihrer Verschiedenheit, gehörten doch zu dem Schönsten, was es gab auf der Welt.

Eine dieser Frauen lächelte er gerade an. Auch wenn Regan die Frau seines Bruders war und Shane ihr nichts als harmlose brüderliche Gefühle entgegenbrachte, wusste er ihre weiblichen Reize durchaus zu schätzen. Er mochte es, wie sich ihr honigbraunes Haar an ihre Wangen schmiegte. Den winzigen Leberfleck neben ihrem rechten Mundwinkel bewunderte er ebenso wie die Tatsache, dass sie es schaffte, immer sexy und wie aus dem Ei gepellt zugleich auszusehen.

Shane war der Meinung, dass ein Mann, wenn er sich schon unbedingt binden zu müssen glaubte, es nicht besser treffen könnte als mit Regan. Rafe hatte das große Los gezogen.

„Macht es dir wirklich nichts aus, Shane?"

„Was?" Er sah, wie sie fragend eine Augenbraue hochzog, während sie den jüngsten MacKade-Spross an ihre Schulter legte. „Oh, du meinst das mit dem Flughafen. Richtig. Entschuldige, ich war eben etwas weggetreten, weil ich wieder mal gedacht habe, wie toll du aussiehst."

Regan musste lachen. Sie war todmüde. Jason MacKade, ihr jüngster Sohn, schrie, ihre Frisur war eine einzige Katastrophe, und sie befürchtete, mehr nach Jasons vollen Windeln zu riechen als nach dem Parfüm, das sie sich am Morgen hinter die Ohren getupft hatte.

„Du Schmeichler. In Wirklichkeit sehe ich bestimmt grauenhaft aus.“

„Völliger Unsinn.“ Um ihr eine Verschnaufpause zu gönnen, nahm Shane ihr den drei Wochen alten Säugling ab. „Du siehst genauso hübsch aus wie immer.“

Sie warf einen Blick hinüber zu dem Laufgitter, das sie im Hinterzimmer ihres Antiquitätenladens aufgestellt hatte und wo ihr ältester Sohn Nate eben dabei war, sich auf Knien durch ein Chaos aus Stofftieren und anderem Spielzeug hindurchzukämpfen.

„Vielen Dank für das Kompliment. Ich kann es im Moment gut gebrauchen. Aber ich habe trotzdem ein schlechtes Gewissen, dass ich deine kostbare Zeit in Anspruch nehme.“

Shane sah ihr zu, wie sie Tee aufgoss. „Mach dir keine Gedanken, Honey. Es macht mir wirklich nichts aus. Ich hole deine Freundin ab und bringe sie dir wohlbehalten hierher. Eine Wissenschaftlerin ist sie, sagst du?“

„Hm …“ Regan reichte ihm eine Tasse Tee. „Rebecca war ein sogenanntes Wunderkind. Ich habe während meiner College-Zeit ein Jahr mit ihr zusammengewohnt. Sie war uns allen immer weit voraus und heimste eine Auszeichnung nach der anderen ein. Mittlerweile hat sie bereits zwei Doktortitel. Man könnte richtige Minderwertigkeitskomplexe bekommen.“ Regan trank einen Schluck Tee und genoss einen Moment die relative Stille, da es Shane mittlerweile gelungen war, Jason bis auf ein paar glucksende Laute zum Schweigen zu bringen. „Damals schien sie sich wirklich entweder nur im Labor oder in der Bibliothek aufzuhalten.“

„Na, ich weiß ja nicht.“

„Sie war – ist – ein sehr ernsthafter Mensch und fast ein bisschen schüchtern. Wir sind heute noch eng befreundet, auch wenn wir uns nur sehr selten sehen. Sie ist ständig unterwegs. Eigentlich wollte sie zu meiner Hochzeit kommen, aber leider war sie zu dieser Zeit gerade in Europa. Oder in Afrika.“ Regan machte eine vage Handbewegung. „Irgendwo, was weiß ich. Sie gondelt ständig in der Weltgeschichte herum.“

„Nett von ihr, dass sie dich besucht.“

„Nun, es ist wohl so eine Art Studienaufenthalt für sie.“ Regan nagte gedankenverloren an ihrer Unterlippe. Bisher hatte sie nur Rafe gegenüber erwähnt, was die viel beschäftigte Rebecca bewogen hatte, sich zu dieser Reise zu entschließen.

Sie musterte ihren Schwager, der liebevoll mit dem

Baby herumschäkerte, nachdenklich. Die MacKade-Brüder waren alle ein Gottesgeschenk an die Frauenwelt, aber mit Shane hatte es noch etwas Besonderes auf sich. Sein Charme war einfach umwerfend.

Die Familienähnlichkeit war unverkennbar. Er hatte ebenso wie seine Brüder rabenschwarzes Haar, das er vor einiger Zeit hatte wachsen lassen und jetzt zu einem kurzen Pferdeschwanz im Nacken zusammengebunden trug, ein schmales, markant geschnittenes Gesicht und einen Mund, bei dessen Anblick jeder Frau der Atem stockte. Seine lang und dicht bewimperten Augen waren grün wie das Meer bei Zwielicht.

Auch sein Körperbau ließ, ebenso wie der seiner Brüder, nichts zu wünschen übrig. Muskulöse, breite Schultern, schmale Hüften, lange Beine. Und die knapp sitzenden Jeans, die lässigen Cowboystiefel sowie das karierte Flanellhemd, unter dem seine Muskeln spielten, brachten all seine körperlichen Vorzüge ausgezeichnet zur Geltung.

Hinzu kam ebenjener umwerfende Charme. Es musste wohl an der Art liegen, wie er einen anschaute, an dem winzigen beifälligen Lächeln, das unablässig seine Mundwinkel umspielte, wenn er mit einer Frau sprach, sei sie nun acht oder achtzig.

Hoffentlich fühlte sich die scheue Rebecca von ihm nicht allzu sehr eingeschüchtert.

„Du gehst wirklich schrecklich lieb mit ihm um", sagte sie.

„Die einen machen Babys, und mir macht es eben Spaß, sie zu verwöhnen."

Amüsiert legte sie den Kopf schräg. „Hast du noch keine Lust, sesshaft zu werden?"

„Warum sollte ich?" Er hob den Kopf, seine Augen blitzten belustigt. „Als der letzte Junggeselle der Familie bin ich verpflichtet, die Stellung zu halten, bis meine Neffen so weit sind, in meine Fußstapfen zu treten."

„Und diese Pflicht nimmst du sehr ernst, wie man sieht."

„Darauf kannst du Gift nehmen. Er ist eingeschlafen." Shane beugte sich über Jason und drückte ihm einen sanften Kuss auf die Stirn. „Soll ich ihn lieber hinlegen?"

„Danke." Sie wartete, bis Shane Jason in die Wiege gelegt hatte. „Rebecca rechnet damit, dass ich sie abhole. Ich habe zwar versucht, sie vor ihrem Abflug zu erreichen, aber es war zu spät." Erschöpft fuhr sich Regan mit der Hand durchs Haar. „Der Babysitter hat abgesagt, Rafe ist in Hagerstown, um

Baumaterial zu besorgen, und Cassie hat ein volles Haus. Emma hat Schnupfen, und Savannah konnte ich ja auch schlecht fragen."

„Savannah." Shane lächelte. „Wenn sie nicht aufpasst, wird sie noch platzen." Um den Leibesumfang von Jareds Frau zu demonstrieren, beschrieb Shane einen weiten Kreis um seinen Bauch.

„Das stimmt. Sie kann in ihrem hochschwangeren Zustand beim besten Willen keine Drei-Stunden-Fahrt mehr auf sich nehmen. Und ich muss hier bleiben, weil ich heute eine Möbellieferung erwarte. Ich wusste wirklich nicht, wen außer dir ich sonst noch hätte anrufen können."

„Kein Problem." Er unterstrich seine Worte mit einem Kuss auf ihre Nasenspitze. „Aber ich nehme an, sie ist nicht so hübsch wie du, oder?"

Regan kicherte. „Was soll ich darauf antworten? Ich habe sie zum letzten Mal vor vier ... nein, fünf Jahren in New York getroffen, und da war sie schrecklich in Eile, weil sie noch rechtzeitig einen Artikel zu Ende bekommen musste."

Shane verzog keine Miene. Er liebte Frauen mit Verstand ebenso wie weniger intelligente. Allerdings erwartete er nicht, eine Schönheitskönigin am Flughafen vorzufinden.

„Auf jeden Fall hat sie einen Doktortitel in Psychologie und einen in amerikanischer Geschichte", fuhr Regan fort. „Was zugegebenermaßen eine recht seltsame Mischung ist, aber so ist Rebecca eben. Sie hat ihren ganz eigenen Stil. Sie hatte noch andere Leidenschaften, Physik, Chemie … Ich glaube, sie arbeitet auf allen Gebieten."

„Warum macht sie denn so viel?", fragte Shane ungläubig.

„Bei Rebecca ist es eher angebracht zu fragen, warum nicht. Sie hat das, was man ein fotografisches Gedächtnis nennt. Sie sieht oder liest etwas und speichert es dann umgehend hier." Regan tippte sich an die Schläfe.

„Ist sie nur Wissenschaftlerin, oder arbeitet sie auch praktisch? Als Psychologin oder Psychiaterin, meine ich."

„Soweit ich weiß, arbeitet sie nur wissenschaftlich und hält Vorlesungen. Ab und zu hospitiert sie eine Woche oder so an einer Klinik, aber meistens schreibt sie irgendwelche Artikel über Psychosen … oder Phobien … vielleicht auch beides, was weiß ich. Ich bin Geschäftsfrau. Nun, egal, auf jeden Fall ist sie in Parapsychologie außerordentlich beschlagen. Es ist ein Hobby von ihr."

„In was? Parapsychologie? Ist das so was wie Geisterjagd?“

„Parapsychologie ist die Wissenschaft des Übersinnlichen. Sie erforscht solche Phänomene.“

Diesmal zuckte Shane zusammen. „Geister, soso. Haben wir davon hier nicht auch ohne sie schon genügend?“

„Aber das ist doch genau der Grund, weshalb sie herkommt. Für sie stellt sich die Sache ganz anders dar als für dich, Shane. Du bist praktisch mit Geistern aufgewachsen. Mit dem Barlow-Haus, der Geschichte von den beiden Soldaten, den Wäldern, in denen es spukt. Die Tatsache, dass es hier Geister gibt, ist der Grund dafür, dass das Inn so ein Bombengeschäft geworden ist. Die Leute lieben die Vorstellung, in einem Geisterhaus zu übernachten.“

Shane zuckte die Schultern. Himmel, er lebte sogar in einem. „Ich will nichts damit zu tun haben. Es nervt schon, wenn allzu viele Touristen in die Nähe der Farm kommen …“ Der Blick, den sie ihm zuwarf, brachte ihn zum Schweigen. Er kniff die Augen zusammen. „Sie interessiert sich auch für die Farm“, schloss er einen Augenblick später messerscharf.

„Sie will natürlich so viel wie möglich mitkriegen, deshalb ist sie ja hier. Aber wie viel du ihr erzählst, hängt selbstverständlich ganz allein von dir ab", sagte Regan schnell. „Nun, vielleicht wirst du ja mit ihr warm, ich hoffe es jedenfalls. Sie ist wirklich eine faszinierende Frau. Aber das wirst du ja selbst sehen. Hier", sie hielt ihm ein Blatt Papier unter die Nase, „habe ich dir die Flugnummer und alles aufgeschrieben."

„Du hast mir noch nicht mal gesagt, wie sie aussieht. Ich bezweifle, dass sie die einzige Frau ist, die aus dem Flugzeug steigt."

„Oh, das hätte ich fast vergessen. Okay. Also, sie hat braune Augen und braunes Haar. Meist trägt sie es irgendwie im Nacken zusammengebunden. Sie hat etwa meine Größe, ist dünn ..."

„Mager oder schlank? Das ist ein Unterschied."

„Ich würde sagen, eher mager. Kann sein, dass sie eine Brille trägt. Eigentlich braucht sie sie nur zum Lesen, aber sie vergisst oft, sie abzunehmen."

„Eine magere, zerstreute Brünette mit einer Brille also. Alles klar."

„Sie ist sehr attraktiv", fügte Regan loyal hinzu. „Auf eine einzigartige Weise. Aber sei nett zu ihr, Shane, sie ist ziemlich schüchtern."

„Ich bin immer nett zu Frauen."

„Ja, das stimmt. Also behandle sie auch gut. Und wenn du sie nicht erkennst, lass sie ausrufen. Dr. Rebecca Knight."

Flughäfen belustigten Shane immer wieder von Neuem. Er wurde das Gefühl nicht los, dass die Leute sich abstrampelten wie die Wilden, von hier nach da flogen und doch nie ans Ziel gelangten. Alle rasten durch die Gegend, schleppten mit heraushängender Zunge Koffer oder schoben bis obenhin vollgestopfte Gepäckkarren vor sich her. Er fragte sich, was die Menschen dazu trieb, die Orte, an denen sie lebten, zu verlassen. Offensichtlich gab es nicht viel, was sie zu Hause hielt.

Nicht dass er etwas gegen das Reisen gehabt hätte. Er war nur der Meinung, dass er sich lediglich hinter das Steuer seines Pick-ups zu setzen brauchte, um überall dort hinzukommen, wohin er wollte.

Er lehnte sich an das Flugsteiggitter und hielt Ausschau nach einer hochgewachsenen, mageren Brünetten mit Brille. Nach Regans ungenauer Beschreibung war anzunehmen, dass sie praktische Kleidung trug und flache Schuhe, und wahrscheinlich hatte sie eine Aktentasche bei sich.

Nach und nach strömten die Passagiere auf den

Flugsteig. Geschäftsleute mit gehetzten Blicken, denen wie mit Leuchtschrift auf die Stirn geschrieben stand, dass die Zeit drängte. Die Schlips-und-Kragen-Truppe, dachte Shane. Nicht für alles Geld der Welt würde er sich acht Stunden am Tag in einen Anzug zwängen. Eine attraktive Blondine in einer engen roten Hose ging an ihm vorbei. Sie schenkte ihm ein kleines Lächeln, und Shane atmete mit Vergnügen die Duftwolke ein, von der sie eingehüllt war.

Eine hübsche Brünette mit einem elastischen Gang und bernsteinfarbenen Augen kam an ihm vorüber. Und hier folgte Grandma mit einer riesigen Einkaufstasche und einem Lächeln von Ohr zu Ohr, das den drei Kindern galt, die auf sie zurannten und umgehend begannen, ihre Tasche zu plündern.

Ah, da ist sie ja, dachte Shane, als ihm eine junge Frau mit hängenden Schultern und braunem Haar, das sie im Nacken zu einem kümmerlichen Knoten verschlungen hatte, entgegenkam. Wie erwartet hatte sie eine Aktenmappe bei sich, trug flache Schuhe mit dicken Sohlen und eine Brille, hinter der sie blinzelte wie eine Eule. Sie wirkte etwas verloren. Das musste sie sein.

„Hey." Shane setzte sein charmantestes Lächeln

auf und winkte, was sie dazu veranlasste, so unvermittelt stehen zu bleiben, dass der hinter ihr laufende Mann mit aller Wucht gegen sie prallte. „Wie geht's?" Da Shane ein zuvorkommender Mensch war, streckte er die Hand nach ihrer Aktenmappe aus. Sie sah ihn erschrocken an. „Ich bin Shane. Regan hat mich gebeten, Sie abzuholen. Sie ist nämlich im Moment ein bisschen im Stress. Wie war der Flug?"

„Ich … ich …" Die Frau umklammerte ihre Aktenmappe mit beiden Händen und zog sie schützend an die flache Brust. „Lassen Sie mich in Ruhe, sonst rufe ich den Sicherheitsdienst."

„Keine Aufregung, Becky. Ich will Sie nur abholen und nach Antietam zu Regan bringen."

Sie riss den Mund auf und begann laut zu kreischen. Als Shane den Arm nach ihr ausstreckte, um ihr beruhigend die Hand auf die Schulter zu legen, schlug sie ihm mit einem Ausdruck wilder Entschlossenheit den Aktenkoffer auf den Kopf. Noch bevor er sich entschieden hatte, ob er lachen oder weinen sollte, spürte er, wie ihn jemand leicht am Ärmel zupfte.

„Entschuldigen Sie." Die hübsche Brünette von vorhin zog eine Braue hoch und musterte ihn eingehend. „Ich glaube, Sie warten auf mich.“ Ihr Mund, weich und voll, wie Shane sogleich registrierte, verzog sich zu einem Lächeln. „Shane, sagten Sie eben, nicht wahr? Shane MacKade, nehme ich an, oder?“

„Ja. Oh!“ Er drehte sich um und schaute die Frau, die er irrtümlich für Rebecca gehalten hatte, um Verzeihung heischend an. „Entschuldigen Sie“, begann er, doch sie ergriff bereits die Flucht.

„Wahrscheinlich war das das Aufregendste, was sie seit langer Zeit erlebt hat“, bemerkte Rebecca lächelnd. „Ich bin Rebecca Knight“, fügte sie hinzu und streckte ihm die Hand zur Begrüßung hin.

Rebecca Knight entsprach zwar nicht ganz seinen Erwartungen, doch bei näherem Hinsehen erwies sich, dass er mit seinen Vorstellungen auch nicht völlig danebengelegen hatte. Abgesehen von den bernsteinfarbenen Augen wirkte sie tatsächlich wie eine Intellektuelle, angefangen von den praktischen Schuhen bis hin zu der Tatsache, dass sie das Haar so kurz geschnitten trug wie ein Junge. Obwohl er langhaarige Frauen bevorzugte, musste er zugeben, dass ihr die Frisur ausgezeichnet stand, weil sie ihre ausgeprägten Gesichtszüge vorteilhaft betonte.

Und mager war sie wahrscheinlich auch, was sich allerdings in Anbetracht des hüftlangen Sakkos und der Hose, beides in einheitlichem Schwarz, nicht ganz leicht beurteilen ließ.

Lächelnd nahm er die feingliedrige Hand, die sie ihm hinhielt. „Regan hat behauptet, Sie hätten braune Augen, aber das stimmt nicht."

„So steht es zumindest in meinem Pass. Geht es Regan gut?"

„Ja, sicher. Sie hat nur im Moment ein bisschen viel um die Ohren. Kommen Sie, ich nehme Ihnen das ab." Er griff nach der Reisetasche, die sie sich über die Schulter gehängt hatte.

„Nein danke, lassen Sie nur. Und Sie sind also ihr Schwager."

„Ja." Er nahm sie am Arm und geleitete sie zum Terminal.

Er hat einen festen Griff, registrierte sie. Und keine Scheu vor körperlicher Berührung. Nun, das war in Ordnung. Sie würde nicht anfangen zu kreischen wie die Frau vorhin … und wie sie es vielleicht vor ein paar Monaten noch getan hätte, wenn ein so männlicher Mann wie er sie angefasst hätte. „Sie sind der Schwager mit der Farm, nicht wahr?"

„Richtig. Sie haben es erraten, Rebecca. Aber Sie sehen nicht aus wie eine Frau Doktor, zumindest nicht auf den ersten Blick."

„Finden Sie?“ Sie warf ihm einen kühlen Seitenblick zu. Einen Blick, den sie vor dem Spiegel lange eingeübt hatte. „Im Gegensatz zu der Frau, die wahrscheinlich in die nächste Damentoilette verschwunden ist, um sich die Schweißperlen von der Stirn zu wischen?“

„Es lag an den Schuhen“, erklärte Shane lächelnd und warf einen vielsagenden Blick auf Rebeccas flache schwarze Schuhe aus Segeltuch.

„Ich verstehe.“ Während sie im Aufzug nach unten zur Gepäckausgabe fuhren, musterte sie ihn verstohlen aus den Augenwinkeln: Flanellhemd mit offenem Kragen, ausgewaschene Jeans, ramponierte Stiefel, große, kräftige Hände. Unter der Baseballkappe schaute dichtes schwarzes Haar hervor, und das sonnengebräunte Gesicht hätte sich auf jedem Poster bestens gemacht.

„Dafür sehen Sie aus wie ein Farmer“, entschied sie. „Wie lange fahren wir bis Antietam?“

Noch im Zweifel, ob er ihre Bemerkung als Kompliment oder als Beleidigung auffassen sollte, antwortete er: „Knapp anderthalb Stunden. Wir holen nur noch rasch Ihre Koffer.“

„Nicht nötig. Ich lasse sie mir nachschicken.“ Stolz auf ihr praktisches Denken, klopfte sie auf ihre Reisetasche. „Das ist das Einzige, was ich im Moment bei mir habe."

Shane wurde das unangenehme Gefühl nicht los, dass sie ihn nicht aus den Augen ließ und aus jeder seiner Bewegungen einen Rückschluss zog. Plötzlich kam er sich vor wie ein Insekt unter einem Mikroskop. „Großartig." Er fühlte sich erleichtert, als sie eine Sonnenbrille aus ihrer Jackentasche zog und sie aufsetzte.

Nachdem sie seinen Truck erreicht hatten, warf sie erst einen kurzen Blick auf den Wagen, dann auf ihn. Sie lächelte kühl, schob ihre Sonnenbrille ein Stückchen nach unten und musterte ihn eingehend über die Ränder der Gläser hinweg. „Ach übrigens, Shane, eins noch …"

Da sie nicht gleich weitersprach, zog er fragend die Augenbrauen hoch. „Ja?"

„Niemand nennt mich Becky."

Damit rutschte sie auf ihren Sitz, schnallte sich an und stellte ihre Reisetasche ordentlich zu ihren Füßen auf den Boden.

Rebecca genoss die Fahrt. Shane MacKade hatte einen sicheren Fahrstil. Dass sie ihn ein klein wenig beschämt hatte, verschaffte ihr ein leises Triumphgefühl. Nur ein ganz leises, aber immerhin. Männern wie ihm musste man rechtzeitig die Grenzen aufzeigen.

Fast so lange sie denken konnte, hatte sie sich einschüchtern lassen. Das war erst in den letzten beiden Monaten anders geworden. Seit dieser Zeit lernte sie langsam, sich nicht nur in ihrem Beruf, sondern auch im täglichen Leben zu behaupten. Und eben hatte sie noch einen weiteren Schritt in diese Richtung gemacht.

Falls er verärgert war, ließ er es sich jedenfalls nicht anmerken. Er plauderte unbeschwert, als sei nichts gewesen – was sie ihm hoch anrechnete. Das Radio dudelte leise vor sich hin, und Rebecca warf ab und zu einen Blick auf die Landschaft, die draußen an ihr vorbeizog. Es war ein hübsches Bild: zwischen sanfte Hügel eingebettete Farmen, Weideland und Bäume, deren üppiges Grün noch nicht verblasst war, obwohl sich der Sommer langsam seinem Ende zuneigte, hin und wieder ein grasendes Pferd oder eine Kuh.

Die Fahrerkabine des Trucks wirkte aufgeräumt. An den Polstern klebten ein paar helle Hundehaare, und der Geruch nach Hund hing in der Luft. Unter einer Magnetklammer am Armaturenbrett klemmten einige Notizzettel, und im Aschenbecher lag eine Handvoll Münzen. Alles erweckte einen sehr ordentlichen Eindruck.

Vielleicht entdeckte sie deshalb den kleinen goldenen Ohrring, der zur Hälfte unter der Fußmatte hervorlugte. Sie bückte sich und hob ihn auf.

„Ist das Ihrer?"

Shane warf einen Blick darauf und erinnerte sich daran, dass Frannie Spader Ohrringe getragen hatte, als er das letzte Mal mit ihr … eine Spazierfahrt unternommen hatte.

„Er gehört einer Freundin. Sie muss ihn wohl verloren haben." Shane streckte die Hand aus. Nachdem Rebecca den Ohrring hineingelegt hatte, ließ er ihn achtlos in den Aschenbecher zu den Münzen fallen.

„Sie wird ihn zurückhaben wollen", bemerkte Rebecca. „Schließlich hat er vierzehn Karat." Sie schwieg einen Moment, dann wechselte sie das Thema. „Und Sie haben noch drei Brüder, richtig?"

„Ja. Haben Sie auch Geschwister?"

„Nein. Und Sie sind derjenige, der die Farm bewirtschaftet?"

„Ja. Jared, der Älteste von uns, hat eine Anwaltskanzlei, Rafe ist im Baugeschäft gelandet, und Devin ist der Sheriff."

„Aha. Und was züchten Sie?"

„Ach, das Übliche. Rinder und Schweine. Außerdem baue ich Weizen an – größtenteils wird er als Futtermittel verwendet, aber ich habe auch eine sehr gute Kornsorte, zum Beispiel ‚Silver Queen'." Sie hörte interessiert zu. „Und Kartoffeln."

„Ach, wirklich?" Ohne es zu bemerken, klopfte sie den Takt des Stückes, das aus den Lautsprechern ertönte, auf ihren Knien mit. „Ist das nicht schrecklich viel Arbeit für einen allein?"

„Meine Brüder gehen mir zur Hand, wenn ich Hilfe brauche, und während der Erntezeit heuere ich auch schon mal ab und zu ein paar Studenten an."

„Und macht es Ihnen Spaß?"

„Ich kann mir für mich nichts anderes vorstellen. Ich liebe das Landleben und die Arbeit auf der Farm." Diesmal schaute er sie direkt an. „Waren Sie schon mal auf einer?"

„Nein. Nicht richtig jedenfalls. Ich bin ein Stadtmensch."

„Nun, dann machen Sie sich schon mal auf einige Überraschungen gefasst", sagte er. „Antietam ist weiß Gott nicht New York."

„Regan hat mir schon viel erzählt. Und natürlich weiß ich über die Gegend noch einiges von meinem Studium her. Ich habe mich damals sehr für die Schlacht bei Antietam interessiert. Aber von Ihnen kann ich da sicher noch viel mehr erfahren."

„Rafe ist auf diesem Gebiet weitaus beschlagener als ich. Dem Weizen ist es egal, ob er auf historischem Boden wächst oder nicht, Hauptsache, man düngt ihn gut."

„Dann interessieren Sie sich also nicht für Geschichte?"

„Nicht besonders." Der Truck fuhr rumpelnd über die Brücke, die sich über den Potomac River spannte. „Aber natürlich weiß ich so ziemlich in allen Einzelheiten, was damals passiert ist. Wenn man hier aufwächst, lässt sich das nicht umgehen. Allerdings interessiert es mich nicht so brennend."

„Und die Geister?"

„Denen schenke ich auch nicht besonders viel Aufmerksamkeit."

Ihre Mundwinkel zuckten belustigt. „Aber Sie haben schon des Öfteren Bekanntschaft mit ihnen gemacht?"

Wieder zuckte er die Schultern. „Hin und wieder. Reden Sie mit meiner Familie, wenn Sie mehr darüber wissen wollen."

„Aber Sie leben doch auf einer Farm, auf der es angeblich spukt."

„So sagt man." Er wollte nicht darüber sprechen, ebenso wenig wie er darüber nachdenken wollte. „Hören Sie, Regan hat mir erzählt, weshalb Sie hergekommen sind. Ich ..."

„Ich beschäftige mich mit übersinnlichen Erscheinungen." Ihr Lächeln vertiefte sich. „Ein Steckenpferd von mir, nichts weiter."

„Nun, dann müssen Sie unbedingt in das ehemalige Barlow-Haus gehen. Regan und Rafe haben es gemeinsam renoviert und ein Bed-and-Breakfast-Hotel daraus gemacht. Es wird von einer meiner Schwägerinnen geführt. Dort wimmelt es nur so von Gespenstern, falls Sie an so was glauben."

„Ja. Ich weiß, ich habe es schon auf meiner Liste. Ich hoffe, ich kann mich dort für eine Weile einquartieren, um ein paar Untersuchungen anzustellen. Es wird sicher sehr interessant und informativ werden. Nach allem, was Regan mir erzählt hat, haben Sie ebenfalls ein großes Haus. Falls es Ihnen nichts ausmacht, würde ich da auch ganz gern ein paar Studien betreiben."

Gegen ein bisschen Gesellschaft hätte er nichts einzuwenden gehabt, aber der Grund, weshalb sie bei ihm wohnen wollte, gefiel ihm ganz und gar nicht. „Wie lange beabsichtigen Sie denn hierzubleiben?“, fragte er.

„Das kommt ganz darauf an.“ Als er von der Straße auf einen Weg abbog, der zwischen den Bergen hindurchführte, warf sie einen Blick aus dem Fenster. „Es hängt davon ab, wie lange es dauert, bis ich auf das stoße, was ich zu finden hoffe.“

„Machen Sie Urlaub hier?“

„Nun, nicht Urlaub im üblichen Sinne – ich habe ein Forschungssemester genommen.“ Dieses Wort beinhaltete so viele herrliche Möglichkeiten, dass sie für einen Moment beseligt die Augen schloss. „Ich habe alle Zeit der Welt und bin wild entschlossen, sie gut zu nutzen.“ Als sie die Augen wieder öffnete, sah sie den goldenen Ohrring im Aschenbecher aufblitzen. „Sie brauchen sich keine Sorgen zu machen. Ich habe nicht die Absicht, Ihnen auf den Füßen rumzustehen. Stecken Sie mich einfach in ein kleines Zimmer oben in Ihrer Mansarde, wenn es so weit ist. Mehr brauche ich nicht. Ich werde mich um meine Angelegenheiten kümmern und Sie in Ruhe lassen.“

Shane setzte zu einer Erwiderung an, doch als ihr ein leiser, erstickter Schrei entfuhr, wandte er sich ihr erstaunt zu. Sie saß kerzengerade in ihrem Sitz. „Was ist denn los?"

Es gelang ihr kaum, den Kopf zu schütteln, so überrascht war sie über den Anblick, der sich ihr bot. Einen Moment lang hatte sie das Gefühl, das alles schon einmal erlebt zu haben. Die Hügel beiderseits der Straße stiegen sanft an, und zwischen dem saftig grünen Gras ragten silberne Felsnasen empor. Die hohen Berge im Hintergrund zeichneten sich als purpurfarbene Silhouetten gegen den diesigen Horizont ab. Weiter vorn lag ein goldenes Kornfeld, an dessen äußerstem Rand sich dunkel und geheimnisvoll der Wald erstreckte. Auf einer Böschung grasten schwarz-weiße Kühe. Ein Bild wie aus dem Bilderbuch.

„Es ist wunderschön hier", sagte sie leise. „Fast zu schön, um wahr zu sein."

„Danke. Das ist das MacKade-Land." Während Shane das Tempo ein wenig drosselte, fühlte er plötzlich einen fast unbändigen Stolz in sich aufsteigen. MacKade-Land. Sein Land. „Um diese Jahreszeit kann man das Haus von hier aus nicht sehen. Das Laubwerk ist zu dicht."

Sie blickte auf die von Bäumen gesäumte Schotterstraße vor sich, die in einiger Entfernung nach links abzweigte. Plötzlich klopfte ihr Herz schneller, und sie wusste nicht, warum.

Hierher würde sie zurückkehren. Und sie würde hierbleiben, bis sie die Antworten auf all die Fragen gefunden hatte, die sie bewegten.

Rebecca holte tief Luft. „Wie weit ist es von hier bis zur Stadt?“

„Nur noch ein paar Meilen.“ Als er sie jetzt ansah, nahmen seine Augen einen Ausdruck von Besorgnis an. Sie war auf einmal ganz blass geworden. „Ist mit Ihnen alles in Ordnung?“

„Oh ja, danke.“ Aber sie öffnete dennoch das Fenster und sog die warme Sommerluft tief in die Lungen. „Mir geht es gut.“

2. KAPITEL

Regan beobachtete durchs Schaufenster, wie der Truck hinter der Kurve hielt. Ein Kind an der Hand, das andere auf dem Arm, eilte sie freudig erregt nach draußen.

„Dr. Knight."

„Mrs. MacKade." Rebecca kletterte schnell aus dem Truck und umarmte die Freundin voller Wärme und Herzlichkeit.

Shane registrierte, dass die Kühle und Professionalität, die sie die ganze Zeit über ausgestrahlt hatte, schlagartig verschwunden waren, und er hatte Mühe, sich ein Lächeln zu verkneifen, während er die beiden Frauen bei ihrer Begrüßungszeremonie beobachtete.

„Oh Regan, ich habe dich so vermisst. Wenn du wüsstest, wie sehr ich dich vermisst habe", sagte Rebecca ein ums andere Mal mit Freudentränen in den Augen. „Ach, und diese süßen Babys. Wie hast du das bloß geschafft?"

Jetzt ließ sie ihren Tränen freien Lauf. Vor Regan brauchte sie sich ihrer Gefühle nicht zu schämen. Schniefend streichelte sie Nates Wange und fuhr dann mit dem ausgestreckten Zeigefinger dem Baby über den samtweichen Haarflaum.

„Da sieht man sich ein paar Jahre nicht, und gleich heiratest du und wirst Mutter von zwei Kindern."

Nate, der keine Scheu vor Fremden kannte, machte auf sich aufmerksam.

„Du siehst bestimmt aus wie dein Daddy", sagte Rebecca.

„Daddy", stimmte Nate zu. „Ball spielen. Shane, hoppe hoppe Reiter!" Er hüpfte auf und nieder wie ein Gummiball.

„Ich hab schon befürchtet, du kennst deinen Onkel nicht mehr." Shane lachte und setzte sich den Dreijährigen auf die Schultern. Nate krähte laut und vergnügt.

„Ich bin froh, dass ihr beide euch gefunden habt. Tut mir leid, dass ich nicht selbst kommen konnte, Rebecca."

„Ich sehe doch, dass du alle Hände voll zu tun hast", erwiderte Rebecca. „Und dein Schwager hat sich wirklich bestens bewährt." Sie lächelte Shane zu. „Alles in allem."

„Du bist bestimmt müde. Komm mit rein, ich wollte den Laden gerade schließen. Shane, leiste uns doch auch noch einen Moment Gesellschaft."

„Ich muss gleich wieder zurück, aber trotzdem vielen Dank, Regan. Runter mit dir, Nate." Nachdem er den Jungen von der Schulter genommen hatte, wirbelte er ihn noch ein paarmal im Kreis herum und stieß ein lautes Bellen aus, was Nate so zum Kreischen brachte, dass er einen Schluckauf bekam.

Regan nahm Shane ihren Sohn ab und verabschiedete sich. „Nochmals vielen Dank. Und wenn ich dir mal einen Gefallen tun kann, lass es mich wissen. Morgen wollte ich für Rebecca ein Willkommensessen machen, ich hoffe, du hast Zeit?"

„Wenn's ein Essen umsonst gibt, habe ich immer Zeit." Er winkte Rebecca zum Abschied zu. „Bis dann."

„Danke fürs Abholen, Farmboy."

Shane zögerte nur den Bruchteil einer Sekunde. „Keine Ursache, Becky."

Regan zog eine Augenbraue hoch. „Becky?"

„Nur ein kleiner Scherz." Rebecca schaute dem davonfahrenden Pick-up hinterher, registrierte den nur äußerst spärlich fließenden Verkehr, die alten Backsteinhäuser, die Leute, die vor ihren Haustüren gemütlich ein Schwätzchen hielten. „Ich versuche mir Regan Bishop als Einwohnerin und Geschäftsfrau in einer Kleinstadt vorzustellen."

„Hier habe ich mich schon auf den ersten Blick

heimisch gefühlt. Komm rein und sag mir, wie dir mein Laden gefällt."

Jetzt erst, als Rebecca über die Schwelle trat, gelang es ihr, Regan und Antietam in Übereinstimmung zu bringen. Der Laden entsprach ganz und gar Regans Stil. Elegante antike Möbel, hübsche alte Lampen, Glasgefäße und goldgerahmte Spiegel. In der Luft hing der würzige Duft von Regans Parfüm, vermischt mit dem Geruch von Babypuder. Rebecca musste lächeln.

„Und wie fühlt man sich so als Mama?", fragte sie, nachdem sie sich voller Interesse umgesehen hatte.

„Einfach herrlich. Ich kann es gar nicht erwarten, dass du endlich Rafe kennenlernst."

Rebecca fand das alte Backsteinhaus mit den dicken Mauern, in dem Regan und Rafe MacKade lebten, beeindruckend. Es brachte den rauen, männlichen Charme Rafe MacKades ebenso zum Ausdruck wie Regans Stil und ihre weibliche Anmut.

Rafe hätte sie auf einen Kilometer Entfernung als Shanes Bruder erkannt, so groß war die Ähnlichkeit. Deshalb war sie auch nicht überrascht, als er sie zur Begrüßung fest in die Arme zog.

Mittlerweile hatte sie sich schon daran gewöhnt, wie die MacKade-Brüder mit Frauen umgingen.

„Regan macht mich schon seit zwei Wochen verrückt, weil Sie zu Besuch kommen“, vertraute Rafe ihr an, nachdem sie sich mit einem Glas Wein ins Wohnzimmer gesetzt hatten.

„Ich mache überhaupt niemanden verrückt“, protestierte Regan.

Rafe lächelte und streichelte zärtlich ihre Hand, als Regan sich auf der Armlehne des Sofas, auf dem er saß, niederließ. „Sie hat das Haus schon zweimal auf Hochglanz gebracht und saugt jedes Hundehaar einzeln ab, alles nur deinetwegen.“ Er stieß den Golden Retriever, der sanft zu seinen Füßen schlummerte, liebevoll mit der Schuhspitze an.

„Fast jedes“, verbesserte Regan ihn.

„Ich fühle mich wirklich geschmeichelt.“ Rebecca zuckte leicht zusammen, als Nate das Haus, das er aus Bauklötzen gebaut hatte, umstieß und angesichts der wild durcheinanderpurzelnden Steine in ein Freudengeheul ausbrach.

„Kluger Junge“, bemerkte Rafe milde. „Ganz recht, wenn etwas nicht richtig gebaut ist, reißt man es ein und baut es neu.“

„Daddy. Komm spielen.“

„Auf das Fundament kommt es an“, sagte Rafe, während er aufstand und sich zu seinem Sohn auf den Fußboden hockte. „Das ist das Wichtigste.“ Eine große, kräftige Hand und eine kleine, pummelige begannen Stein auf Stein zu setzen. „Regan hat erzählt, dass Sie sich das Inn gerne näher ansehen möchten?“

„Ja, das habe ich vor. Am liebsten würde ich für einige Zeit dort wohnen, falls ein Zimmer frei ist.“

„Oh … aber … wir wollen dich doch viel lieber hierhaben, Rebecca.“

Rebecca lächelte Regan an. „Das weiß ich zu schätzen, doch ein paar Tage beziehungsweise Nächte würde ich ganz gern im Inn verbringen.“

„Gespenster jagen, wie?“, vermutete Rafe, der sich inzwischen wieder zu ihnen gesellt hatte, und winkte seinem Sohn zu.

„Nun ja …“ Rebecca wurde merklich zurückhaltender. Ein bisschen komisch kam ihr die ganze Sache ja selbst vor. Wer glaubte heutzutage noch an Gespenster?

„Sie werden sich noch wundern. Es gibt dort wirklich Geister. Als Regan das erste Mal auf sie aufmerksam wurde, hatte sie Glück, dass ich in der Nähe war, denn sie wurde vor Schreck ohnmächtig.“

„Ganz so war es nicht“, stellte Regan richtig. „Ich dachte zuerst, Rafe spielt mir einen Streich, und als mir klar wurde, dass er gar nicht in der Nähe war, wurde mir tatsächlich etwas … seltsam zumute.“

„Ach, wirklich? Erzähl.“ Fasziniert lehnte sich Rebecca vor. „Was hast du gesehen?“

„Gesehen habe ich nichts. Es war mehr ein … Gefühl, so als wäre ich nicht allein. Das Haus stand seit Jahrzehnten leer, und Rafe hatte noch nicht mit der Renovierung begonnen. Aber da waren Geräusche. Schritte, Türenquietschen. Und auf der Treppe gibt es eine Stelle, wo einem kalte Luft ins Gesicht schlägt.“

„Du hast es gespürt?“ Rebeccas Tonfall war nun ganz sachlich der einer Wissenschaftlerin, die Fakten sammelte.

„Bis in die Knochen. Ich war völlig geschockt. Rafe hat mir später erzählt, dass genau an dieser Stelle am Tag der Schlacht ein junger Soldat erschossen wurde.“

„Die beiden Soldaten.“ Als Regan sie überrascht ansah, nickte Rebecca und fuhr fort: „Ein paar Einzelheiten sind mir auch bekannt. Die beiden gegnerischen Soldaten sind am siebzehnten September 1862 in den Wäldern aufeinandergetroffen. Man erzählt sich, dass sie den Anschluss an ihre jeweilige Truppe verloren hatten. Oder möglicherweise hatten sie auch die Absicht zu desertieren, das weiß niemand genau. Sie waren beide blutjung, noch halbe Kinder. Sie schossen aufeinander und wurden dabei schwer verwundet. Der eine schaffte es noch, sich bis zum Haus von Charles Barlow, dem heutigen MacKade-Inn, zu schleppen. Die Hausherrin, Abigail, eine Südstaatlerin, war mit einem reichen Yankee verheiratet. Sie forderte ihre Sklaven auf, den verwundeten Soldaten ins Haus zu bringen, wo sie seine Wunden verbinden wollte. Doch als der Hausherr die Treppe herunterkam und den Soldaten sah, der die Uniform der Konföderierten trug, zog er kaltblütig seine Pistole und erschoss ihn dort auf der Treppe."

„Genauso war es", stimmte Regan zu. „Und man kann im Haus auch heute noch den Rosenduft riechen. Den Duft von Abigails Rosen."

„Wirklich? Das ist kaum zu glauben. Nun ... wenn es tatsächlich so ist, wäre es faszinierend." Ihre Augen nahmen für einen Moment einen verträumten Ausdruck an.

„Manche Leute hören in der Nacht den Schuss und auch leises Weinen. Cassie, Devins Frau, kann dir mehr darüber erzählen."

„Ich würde mir das Haus gern so bald wie möglich ansehen. Meine Ausrüstung müsste eigentlich morgen eintreffen, spätestens übermorgen."

„Ausrüstung?" Rafe runzelte die Stirn.

„Sensoren, Kameras, Temperaturmessgeräte. Die Parapsychologie ist auf dem besten Weg zu einer Wissenschaft."

Regan warf Rebecca einen erstaunten Blick zu und schüttelte den Kopf. „Ich kann mich nur wundern, Rebecca. Früher warst du eine so ..."

„Seriöse Wissenschaftlerin, meinst du? Das bin ich immer noch. Aber glaub mir, ich nehme diese Sache dennoch sehr ernst, auch wenn alles ziemlich unglaublich klingt. Es interessiert mich einfach, verstehst du? Auch Wissenschaftler sollten ab und zu über ihren Tellerrand hinausschauen."

„Nun ja." Noch immer kopfschüttelnd erhob sich Regan und ging zur Tür. „Und ich sollte jetzt vielleicht das Kochen ernst nehmen."

„Ich helfe dir."

Regan zog die Augenbrauen hoch, als Rebecca aufstand. „Erzähl mir jetzt bloß nicht, dass du inzwischen auch noch Kochen gelernt hast."

Rebecca lachte. „Nein, ich weiß nicht mal, wie man ein Ei kocht."

„Früher hast du immer behauptet, das sei genetisch bedingt.“

„Ja, ich erinnere mich. Heute denke ich eher, es ist eine Phobie. Kochen ist eine gefährliche Angelegenheit. Man kann sich schneiden oder verbrennen oder verbrühen. Aber ich entsinne mich dunkel, wie man einen Tisch deckt.“

„Das reicht.“

Es war schon spät, als Rebecca sich schließlich in ihr Zimmer zurückzog. Da sie noch zu aufgedreht war, um einschlafen zu können, kuschelte sie sich nun mit einer Tasse Tee und einem Buch in den weichen Polstersessel am Fenster. Vom Flur her drang das leise Weinen des Babys durch die geschlossene Tür zu ihr ins Zimmer, dann hörte sie eilige Schritte. Als einen Augenblick später Stille eintrat, stellte Rebecca sich vor, wie Regan ihr Baby stillte. Diesen Gedanken fand sie befremdlich. Obwohl sie die Freundin heute einen ganzen Abend lang im Kreise ihrer Familie erlebt hatte, fiel es ihr noch immer schwer, sich die Regan Bishop, die sie von früher kannte, als Mutter vorzustellen. Im College war Regan immer spritzig, energiegeladen und an allem und jedem interessiert gewesen. Natürlich hatte sie auch viel männliche Aufmerksamkeit auf sich gezogen. Oft konnte sie sich vor Verehrern kaum retten. Es war aber nicht allein ihr Äußeres, was Regan zu so großer Beliebtheit verhalf, sondern es lag wohl vor allem an der Art, wie sie mit Menschen umging.

Deshalb war Rebecca, die scheue, ernsthafte Rebecca, damals auch so erstaunt gewesen, als Regan ihr die Freundschaft angeboten hatte. Sie konnte sich gar nicht erklären, was die umschwärmte Regan an ihr, der verschlossenen, wissensdurstigen Rebecca, fand. Wie schüchtern sie damals doch gewesen war. Und wenn sie ganz ehrlich sein wollte, musste sie sich eingestehen, dass sie auch heute noch immer sehr zurückhaltend war, trotz der Fortschritte, die sie in den vergangenen Monaten gemacht hatte. Ihre Fähigkeiten, sich auf dem gesellschaftlichen Parkett zu bewegen, waren begrenzt.

Doch was sie dazugelernt hatte, hatte sie im Grunde genommen Regan zu verdanken. Für sie war es ein großes Glück gewesen, dass die selbstsichere, lebenslustige Regan sie damals unter ihre Fittiche genommen hatte. Wer weiß, was sonst aus ihr geworden wäre.

Das würde sie Regan nie vergessen. Und deshalb gönnte Rebecca der Freundin das große Glück, das diese gefunden hatte, von ganzem Herzen.

Regan hatte einen Mann, der sie zweifellos anbetete. Jeder, der Augen im Kopf hatte, konnte sehen, wie sehr Rafe seine Frau liebte.

Was ihr eigenes Leben anbelangte, so war es mit ihrer Zufriedenheit nicht ganz so weit her. Sie fühlte sich von der Wissenschaft, ohne die sie sich bisher ihr Leben nicht hatte vorstellen können, mehr und mehr eingeengt. Das, was ihr bisher ein Zuhause gewesen war, erschien ihr in letzter Zeit immer mehr als ein Gefängnis. Obwohl es ihr einziges Zuhause war. Die Wissenschaft war etwas, zu dem sie immer Zuflucht hatte nehmen können, wenn ihr das Leben ansonsten recht schwer erschien. Und jetzt lief sie vor dem, was das Wichtigste in ihrem Leben war, davon. Vor ein paar Monaten noch hätte sie sich nicht im Traum vorstellen können, dass sie sich jemals auf eine derart vage Angelegenheit einlassen könnte. Im Grunde genommen war ihr die ganze Parapsychologie suspekt.

Doch plötzlich sehnte sie sich nach Gefühl und Leidenschaft. Sie wollte Risiken auf sich nehmen, Fehler machen, sich töricht verhalten und aufregende Dinge erleben. Es erschien ihr, als habe sie bisher in einem Vakuum gelebt, aus dem sie jetzt unter allen Umständen ausbrechen wollte.

Vielleicht lag es an den Träumen, diesen seltsamen, immer wiederkehrenden Träumen, die sie in letzter Zeit heimgesucht hatten. Doch was auch immer es sein mochte, auf jeden Fall hatte die Tatsache, dass ihre beste Freundin in Antietam lebte, einer Kleinstadt, die in die Geschichte eingegangen war und um die sich allerlei Legenden rankten, ihre Fantasie mächtig beflügelt. So mächtig, dass sie nicht hatte widerstehen können.

Und dieser Umstand gab ihr nun nicht nur die Möglichkeit, Regan einen Besuch abzustatten, sondern er bot ihr auch die Chance, tiefer einzudringen in das Gebiet, das sich seit kurzer Zeit als ihr Hobby herauskristallisiert hatte.

Sie konnte den Zeitpunkt, an dem sie begonnen hatte, sich für übersinnliche Wahrnehmungen zu interessieren, nicht genau benennen. Es war ein schleichender Prozess gewesen, den sie anfangs ignoriert und belächelt hatte. Doch immer wieder hatte sie sich dabei ertappt, dass sie hier eine Frage zu diesem Thema stellte und dort einen Artikel las.

Und dann natürlich diese Träume. Wenn sie es recht bedachte, hatte es alles bereits vor Jahren angefangen.

Irgendwann hatte sie damit begonnen, sie aufzuschreiben. Schließlich war sie ja Psychiaterin, und Psychiater wussten den Wert von Träumen zu schätzen. Als Wissenschaftlerin war ihr klar, dass im Unbewussten eine große Kraft wurzelte. Sie war entschlossen, sich dieser Angelegenheit mit wissenschaftlichen Methoden zu nähern, objektiv, systematisch und präzise. Sie würde so arbeiten, wie sie es seit jeher gewohnt war.

Und nun war sie hier. War es nur Einbildung, dass sie glaubte, an ihrem Bestimmungsort angelangt zu sein? Oder war es tatsächlich so? War sie nur zufällig hier, oder war es Schicksal? Was hatte sie hierhergeführt?

Es würde sich herausstellen.

Und in der Zwischenzeit würde sie ihren Aufenthalt in vollen Zügen genießen, dazu war sie fest entschlossen. Die Zeit mit Regan, die Schönheit der Landschaft, das Gefühl, auf historischem Boden zu stehen. Sie würde sich voller Hingabe ihrem Hobby widmen und die Geheimnisse lüften, die sich lüften ließen.

Die Sache mit Shane MacKade hatte sie gut hinbekommen. Vor kurzer Zeit noch wäre sie angesichts einer solchen Situation völlig überfordert gewesen. Sie hätte in Gegenwart eines Mannes, der so …

männlich war wie Shane, wahrscheinlich keinen vernünftigen Satz herausgebracht, und schon allein die Angst davor, rot zu werden, hätte ihr ständig das Blut in die Wangen getrieben. Ganz zu schweigen von der Aussicht, eine nicht wissenschaftliche Unterhaltung führen zu müssen. Dass ihr das jemals gelingen könnte, hätte sie noch vor ein paar Monaten für unmöglich gehalten.

Doch es war ihr geglückt. Sie hatte nicht nur mit ihm geredet, sondern sich sogar behauptet. Und das nicht in einer wissenschaftlichen Debatte – das wäre nichts Außergewöhnliches gewesen –, sondern rein privat. Das, was sie am meisten freute, war, dass ihr das Geplänkel mit ihm auch noch Spaß gemacht hatte. Sie, die ernsthafte Rebecca, hatte sich sogar dazu hinreißen lassen, mit ihm zu scherzen. Bis zu einem Flirt war es nur noch ein kleiner Schritt.

Sollte sie es versuchen? Was konnte ihr schon passieren?

Amüsiert von der Vorstellung, erhob sie sich, zog ihren Morgenmantel aus und stieg ins Bett. Zum Lesen hatte sie keine Lust mehr, und sie weigerte sich, sich schuldig zu fühlen, nur weil sie den Tag ohne intellektuelle Anregung beendete. Stattdessen krabbelte sie unter ihre Decke, schloss die Augen und genoss es, wie sich das glatte Laken an ihre Haut schmiegte. Das Daunenkissen unter ihrer Wange fühlte sich herrlich weich an, und in der Luft hing ein wunderbarer Duft, der dem Blumenstrauß auf der Frisierkommode entströmte.

Sie nahm sich vor, ihre Sinne zu schärfen. Riechen, schmecken, tasten, fühlen, all das war ebenso wichtig wie der Verstand. Und plötzlich fiel ihr auf, wie der Wind draußen vor dem Fenster seufzte, wie die Bodendielen leise knackten, und das Geräusch, dieses leise Rascheln, wenn sie ihr Bein über das Laken bewegte, hatte sie noch niemals gehört.

Kleinigkeiten, dachte sie und lächelte vor sich hin. Kleinigkeiten, die sie bisher nicht zu schätzen gewusst hatte. Weil sie sich nie die Zeit dafür genommen hatte. Doch die neue Rebecca Knight würde es anders machen. Ganz anders.

Sie streckte die Hand aus und knipste die Nachttischlampe aus. Dann lag sie in der Dunkelheit und dachte an den nächsten Tag. Auf jeden Fall würde sie einen Ausflug zum Inn machen. Sie freute sich darauf, sich in dem Geisterhaus umzuschauen und Cassie MacKades Bekanntschaft zu machen. Ebenso wie die ihres Mannes Devin, Sheriff von Antietam.

Und mit einem bisschen Glück bekam sie im Inn

vielleicht ein freies Zimmer, wo sie sich mit ihren Messgeräten, Sensoren und Kameras häuslich einrichten konnte.

Auch ihren ersten Spaziergang durch den Wald würde sie morgen unternehmen. Sie hoffte, dass ihr irgendjemand die Stelle zeigen konnte, an der die beiden Soldaten vermutlich aufeinandergetroffen waren.

Wenn sie dann schon mal im Wald war, konnte sie auch den Weg nehmen, den ihr Regan erklärt hatte, und einen ersten Blick auf die MacKade-Farm werfen. Es interessierte sie wirklich brennend, ob sie bei ihrem Anblick dasselbe empfinden würde wie heute Nachmittag, als sie mit Shane über das Land gefahren war, das zu der Ranch gehörte.

So vertraut, dachte sie schläfrig. Es war wirklich höchst seltsam, wie vertraut ihr die ganze Umgebung vorgekommen war. Die Bäume, die Felsen, sogar das Gluckern des Baches glaubte sie schon tausendmal gehört zu haben, so vertraut war es ihr erschienen. So seltsam vertraut.

Doch dafür gab es eine ganz rationale Erklärung. Vor einigen Jahren hatte sie die Schlachtfelder von Antietam schon einmal besucht. Damals allerdings war alles anders gewesen. Sie erinnerte sich daran, wie sie jedes Denkmal, jede Schrifttafel genauestens studiert hatte, aber die Wälder hatten sie nicht gelockt. Sie war viel zu sehr damit beschäftigt gewesen, Daten und Fakten zu sammeln, sie zu analysieren und zu einem Artikel zusammenzufassen, als dass sie auf die Natur geachtet hätte oder auf das Rauschen eines Baches.

Das würde sie morgen besser machen. In Zukunft würde sie überhaupt vieles besser machen.

Und während sie noch über die möglichen Veränderungen, die diese Verbesserungen unter Umständen mit sich bringen könnten, nachgrübelte, schlief sie schließlich ein …

Es war schrecklich, den Kriegslärm hören zu müssen. Weder die Ohren noch die Augen davor verschließen zu können, dass so viele junge Männer ihr Leben lassen mussten. Dass sie verbluteten – wie ihr Johnnie verblutet war. Johnnie, ihr großer, schlanker, schöner Sohn, der sie nie wieder anlächeln, der sich nie wieder in der Hoffnung auf einen Leckerbissen in die Küche schleichen würde.

Sarah drängte die Verzweiflung, die sie zu überwältigen drohte, mit aller Macht zurück und zwang sich, weiter in dem Eintopf zu rühren, der auf dem Herdfeuer leise vor sich hin brodelte. Dabei versuchte sie an die achtzehn herrlichen Jahre zu denken, die sie mit Johnnie verbracht hatte. Diese wunderbaren Erinnerungen zumindest konnte ihr niemand nehmen, und das Schicksal hatte ihr zudem tröstlicherweise noch zwei wunderbare Töchter geschenkt.

Sie sorgte sich um ihren Mann. Sie wusste, dass er sich Tag und Nacht um seinen toten Sohn grämte, und die Schlacht, die nun so grausam nah vor ihre Haustür gerückt war, machte alles noch schlimmer. Das Geschützfeuer war eine ständige Erinnerung daran, welch grausamen Tribut der Krieg von ihnen gefordert hatte.

Er ist so ein guter Mann, dachte sie, während sie sich die Hände an ihrer Schürze abwischte. Ihr John war so stark und freundlich, und ihre Liebe zu ihm hatte in den zwanzig Jahren, die sie nun miteinander verheiratet waren, um nichts nachgelassen. Ebenso wenig wie seine zu ihr.

Selbst nach all den Jahren schlug auch heute noch ihr Herz schneller, wenn er ins Zimmer trat, und ihr Begehren erwachte sofort, wenn er sich ihr nachts zuwandte. Sie wusste, dass nicht allen Frauen das Schicksal so gnädig war.

Aber jetzt machte sie sich Sorgen um ihn. Seit

dem Tag, an dem sie die schreckliche Nachricht erhielten, hatte er nie mehr richtig gelacht, um seine Augen hatten sich tiefe Linien eingegraben, und um seinen Mund lag ein bitterer Zug.

Johnnie war für den Süden in den Kampf gezogen, überzeugt und voller Idealismus, und sein Vater war so stolz gewesen auf ihn.

Und jetzt machte sich John Vorwürfe. Vorwürfe, dass er den Sohn nicht zurückgehalten hatte. Dann wäre er heute vielleicht noch am Leben.

Wenn sie und die Mädchen nicht wären, würde er Johnnie rächen, davon war sie überzeugt. Es erschreckte sie, dass er so sehr den Drang hatte, den Arm zu erheben und zu töten. Es war das Einzige, worüber sie niemals redeten.

Sie straffte sich und legte sich die flache Hand auf ihren schmerzenden Rücken. Es gab ihr Sicherheit, ihre Töchter beim Kartoffel- und Mohrrübenschälen plaudern zu hören. Sie wusste, dass ihnen ihr unablässiges Geplapper dabei half, das Echo des Geschützfeuers zu überhören.

Heute Morgen hatte der Kampf in einem ihrer Kornfelder getobt. So nah waren die Truppen gerückt. Sie dankte Gott, dass sie schließlich abgedreht hatten und sie nicht gezwungen gewesen war, mit ihren Kindern in den Keller zu flüchten. Und dass John in Sicherheit war. Noch einen Menschen zu verlieren, den sie liebte, hätte sie nicht ertragen.

Als John nun zur Tür hereinkam, schickte sie sich an, ihm eine Tasse Kaffee einzuschenken. Doch er sah so müde aus, dass sie die Kanne abstellte und ihn umarmte. Er roch nach Heu und Tieren und Schweiß, und seine Arme waren stark, als er ihre Umarmung erwiderte.

„Sie ziehen ab, Sarah." Seine Lippen streiften ihre Wange. „Ich will nicht, dass du dir Sorgen machst."

„Ich mache mir keine Sorgen." Als er eine Braue hochzog, lächelte sie. „Nur ein bisschen."

Er fuhr mit den Fingerspitzen unter ihren Augen entlang, so als ob er damit die dunklen Schatten darunter fortwischen könnte. „Mehr als nur ein bisschen. Verdammter Krieg. Verdammte Yankees. Wer gibt ihnen das Recht, mein Land zu betreten? Schweinebande." Er wandte sich um und schenkte sich Kaffee ein.

Sarah warf ihren Töchtern einen Blick zu, der sie veranlasste, aufzustehen und die Küche zu verlassen.

„Ich glaube, sie sind schon abgezogen. Der Geschützdonner verklingt langsam in der Ferne. Es kann nicht mehr lange dauern."

Er wusste, dass sie nicht von dieser einen Schlacht sprach, die jetzt ganz hier in der Nähe geschlagen wurde. Ein Ausdruck von Bitterkeit kehrte in seine Augen zurück.

„Es wird so lange dauern, wie sie es für richtig halten. Solange es Männer gibt, die ihre Söhne in den Krieg ziehen lassen. Entschuldige mich, ich habe noch ein paar Dinge zu erledigen." Er stellte seine Tasse ab, ohne getrunken zu haben. „Aber ich will nicht, dass du oder eins der Mädchen das Haus verlässt."

„John." Sie griff nach seiner schmuddeligen Hand und hielt sie einen Moment lang ganz fest. Was konnte sie sagen? Dass niemand für das, was geschehen war, verantwortlich gemacht werden konnte? Das stimmte nicht, natürlich gab es Verantwortliche, aber die hatten für sie weder Namen noch Gesichter. Deshalb blieb ihr nichts, als seine Hand an ihre Wange zu legen. „Ich liebe dich."

„Sarah." Einen kurzen Moment lang sah er sie mit weichem Blick an. „Meine schöne Sarah." Seine Lippen streiften kurz ihre, dann ging er hinaus.

Rebecca bewegte sich im Schlaf und murmelte leise vor sich hin.

John verließ das Haus in dem Bewusstsein, dass er nicht viel tun konnte. Die Kornfelder um ihn herum waren zertrampelt und abgebrannt, der Boden war blutdurchtränkt, davon brauchte er sich nicht erst mit eigenen Augen zu überzeugen, genauso wenig wie er wissen wollte, ob die Soldaten die Männer, die beim Kampf getötet worden waren, mitgenommen oder einfach zurückgelassen hatten.

Es war sein Land, verdammt. Nächstes Frühjahr musste er die Felder wieder beackern, und er war davon überzeugt, dass die Geister der Toten ihn verfolgen würden, wenn ihre sterblichen Überreste nicht endlich beerdigt wurden.

Er schloss seine rechte Hand fest um die Miniatur seines Sohnes, die er stets in seiner Hosentasche bei sich trug. Er weinte nicht, während er den harten Blick über das Land schweifen ließ. Ohne das Land war er nichts. Und ohne Sarah war er verloren. Bevor er zuließ, dass seinen Töchtern etwas zustieß, würde er lieber selbst vor die Hunde gehen.

Doch ohne seinen Jungen musste er leben. Er hatte keine andere Wahl.

Mit finsterer Miene stand er lange Zeit einfach nur da, die Hände tief in den Hosentaschen vergraben, sein Blick ruhte auf dem Land. Als er ein Wimmern hörte, runzelte er die Stirn. Nach dem Vieh hatte er doch gesehen, es schien alles in Ordnung gewesen zu sein. Ihm war nicht aufgefallen, dass ein Kalb fehlte. Oder war einer der Hunde aus dem Stall ausgebrochen, in den er sie gesperrt hatte, um sie vor herumirrenden Kugeln zu bewahren?

Noch immer glaubte er an ein verwundetes Tier und folgte dem Wimmern bis hin zum Räucherhaus. Obwohl er sein ganzes Leben lang Farmer gewesen war, erfüllten ihn doch jedes Mal Trauer und Schuldgefühle, wenn er gezwungen war, ein Tier zu töten, um es so aus seinem Elend zu erlösen.

Aber was da wimmerte, war kein Tier, sondern ein Mensch. Ein verdammter Blaurock, der hier auf dem MacKade-Land verblutete. Einen Augenblick lang packte ihn ein schier unbändiger Triumph. Krepier hier, dachte er. Stirb so, wie mein Sohn wahrscheinlich gestorben ist auf dem Land eines fremden Mannes. Vielleicht warst du es ja sogar, der ihn getötet hat.

Gefühllos drehte er den Mann mit der Stiefelspitze auf den Rücken. Die Uniform des Soldaten war blutdurchtränkt. Dieser Anblick erfüllte ihn mit grimmiger Befriedigung.

Und dann sah er das Gesicht. Es handelte sich

nicht um einen Mann, sondern um einen Jungen. Seine weichen Züge waren schmerzverzerrt, und die Augen glänzten fiebrig. Sein Blick irrte Hilfe suchend umher und blieb dann auf John liegen.

„Daddy? Daddy, ich bin wieder zu Hause."

„Ich bin nicht dein Daddy, Junge."

Die flatternden Lider senkten sich langsam. „Hilf mir. Bitte hilf mir. Ich sterbe …"

Shane umklammerte im Schlaf die Bettdecke und wühlte den Kopf tiefer ins Kissen.

3. KAPITEL

Es war einer der aufregendsten Momente in Rebeccas Leben – einfach so dazustehen und die milde Luft, die den Blütenduft von frühen Chrysanthemen und Spätsommerrosen trug, einzuatmen, während sich über ihr ein tiefblauer, wolkenloser Himmel wölbte. Vor ihr lag das MacKade-Inn.

Da sie schon oft in Europa gewesen war, kannte sie Frankreichs beeindruckende Kathedralen, Italiens romantische Villen und die berühmten Ruinen Griechenlands. Doch dieses urwüchsige, düstere Gemäuer aus rohem Stein und Holz berührte sie mehr als die Türme von Notre-Dame.

Vielleicht deshalb, weil sie wusste, dass dieses Haus ein Geisterhaus war.

Sie wünschte sich, sich öffnen zu können für die Geheimnisse, die es in sich barg. Sie wollte sie ergründen. Ihre Hingabe an die Wissenschaft hatte sie gelehrt, dass es auf der Welt noch vieles gab, was der Erklärung harrte. Als Wissenschaftlerin fragte sie immer nach dem Was, Wie und Warum.

So ging es ihr auch jetzt mit dem einstigen Barlow-Haus, dem jetzigen MacKade-Inn. Wären ihr die Legenden nicht bekannt gewesen, die sich darum rankten, hätte sie in ihm wohl kaum mehr gesehen als ein von einer doppelstöckigen Veranda umgebenes, beeindruckendes altes Haus mit einem bezaubernden Garten, der in voller spätsommerlicher Blüte stand. Sie hätte überlegt, wie es wohl möbliert sein und von welchem Fenster aus man den schönsten Blick haben mochte. Vielleicht hätte sie noch ein paar flüchtige Gedanken daran verschwendet, was für Menschen früher darin gelebt haben könnten und wie ihr Leben wohl verlaufen war.

Doch das alles wusste sie bereits. Sie hatte viel Zeit damit zugebracht, sich mit der Geschichte des Hauses und seiner einstigen Bewohner vertraut zu machen.

Nun war sie hier und stieg neben Regan die Stufen zu der einladenden Veranda hinauf. Und ihr Herz begann schneller zu schlagen.

„Es ist wundervoll, Regan."

„Du hättest es vorher sehen sollen." Voller Stolz ließ Regan den Blick über Haus und Garten schweifen. „Es war nichts als ein altes, verfallenes Gemäuer auf einem völlig verwilderten Grundstück mit zerbrochenen Fensterscheiben und einer verrotteten Veranda. Und innen hättest du es erst mal sehen sollen ..." Sie schüttelte den Kopf. „Rafe ist ein echter Visionär, das muss ich neidlos zugeben. Als ich das Haus zum ersten Mal betrat, konnte ich mir nur schwer vorstellen, dass man es wieder in Schuss bringen könnte, doch er wusste genau, wo er ansetzen musste."

„Aber er hat es nicht allein gemacht."

„Nein." Um ihre Mundwinkel spielte ein kleines Lächeln, als sie die Hand an die Türklinke legte. „Ich habe auch gute Arbeit geleistet." Sie öffnete die Tür. „Sieh nur selbst."

Das kann man wohl sagen, dachte Rebecca beeindruckt, als sie die große Halle betrat. Der spiegelblanke Parkettboden glänzte golden im Sonnenlicht, und an den Wänden schimmerten Seidentapeten. Die antiken Möbel, auf Hochglanz poliert, waren so harmonisch angeordnet, dass man das Gefühl hatte, sie seien eins mit dem Raum.

Rebecca folgte Regan in den Salon, wo vor dem gemauerten Kamin mit dem Marmorsims ein einladendes Sofa mit kunstvoll geschwungener Rückenlehne stand. Die beiden leuchtenden Blumensträuße auf dem Kaminsims brachten den Spätsommer ins Haus, und ihr Duft erfüllte das Zimmer.

„Man erwartet direkt, Reifröcke rascheln zu hören", bemerkte Rebecca hingerissen.

„Genau das war die Idee. Die Möbel stammen alle aus der Zeit des Bürgerkriegs, und auch die Farben, die wir für die Stoffe und Tapeten gewählt haben, sind Originalfarben. Selbst die Bäder und die Küche vermitteln diesen Eindruck, auch wenn natürlich alles modernisiert und mit der neuesten Technik ausgestattet ist."

„Ihr müsst geschuftet haben wie die Wilden."

„Das haben wir wirklich", gab Regan versonnen zurück. „Aber meistens kam es uns gar nicht vor wie Arbeit, wahrscheinlich weil wir bis über beide Ohren verliebt waren. Am Anfang war unsere Liebe die reinste Explosion."

„Explosion?" Rebecca wandte sich lächelnd zu Regan um. „Das hört sich ja richtig gefährlich an."

„Das war es auch. Wenn man es mit einem MacKade zu tun bekommt, fühlt man sich wie in einem Wirbelsturm."

„Und das gefällt dir offensichtlich daran."

„Ja. Wer hätte das gedacht?"

„Nun, offen gestanden war ich immer davon überzeugt, dass du eines Tages an einen kultivierten Mann geraten würdest, der Squash spielt, um in Form zu bleiben. Es freut mich aber sehr, dass ich mich offenbar geirrt habe."

„Die Freude ist ganz auf meiner Seite“, gab Regan herzlich zurück und schüttelte den Kopf. „Squash?“

„Oder Polo. Vielleicht auch Tennis.“ Jetzt lachte Rebecca laut auf. „Es hätte zu dir gepasst, du warst doch immer so schick … wie aus dem Ei gepellt.“ Sie deutete auf die messerscharfe Bügelfalte in Regans Hose. „Und bist es immer noch.“

„Ich hoffe, das ist ein Kompliment“, gab Regan trocken zurück.

„Ich glaube, ich habe Stimmen gehört.“ Rebecca ging zur Tür und sah eine zierliche blonde junge Frau mit einem Baby, das sie sich in einem Tuch vor die Brust gebunden hatte, die Treppe herunterkommen.

„Ich habe mir schon gedacht, dass du oben bist.“ Regan ging ihr entgegen und warf einen Blick auf den schlafenden Säugling. „Cassie, du hast wieder mit dem Kleinen auf dem Arm die Laken gewechselt, gib’s zu.“

„Ich wollte frühzeitig fertig werden. Und Ally war quengelig. Das muss deine Freundin sein.“

„Ja, das ist Rebecca Knight, das Wunderkind.“ In Regans Stimme lag so viel Zuneigung, dass Rebecca lächeln musste. „Cassandra MacKade, unersetzbare Managerin des MacKade-Inn.“

„Ich freue mich, Sie kennenzulernen.“ Cassie

nahm ihre Hand vom Geländer und hielt sie Rebecca hin.

„Und ich freue mich schon seit Wochen auf diesen Besuch. Das muss ein recht aufreibender Job sein, dieses Hotel hier zu führen.“

„Mir kommt es überhaupt nicht wie Arbeit vor. Fühlen Sie sich ganz wie zu Hause hier, Rebecca. Ich nehme an, Sie möchten sich erst einmal in aller Ruhe umsehen, stimmt's?“

„Oh ja. Ich sterbe vor Neugier.“

„Ich will nur noch rasch oben die Zimmer fertig machen. Sagt mir Bescheid, wenn ihr etwas braucht. In der Küche ist frischer Kaffee, und ein paar Muffins sind auch noch vom Frühstück übrig.“

„Das dachte ich mir.“ Regan lachte und fuhr Ally zärtlich mit der Hand über das dunkle Haar. „Gönn dir doch eine Pause, Cassie, und trink eine Tasse Kaffee mit uns. Rebecca lechzt nach ein paar Geschichten, erzähl ihr doch bitte einige.“

„Nun, ich …“ Cassies Blick schweifte die Treppe nach oben, ganz offensichtlich machte sie sich Sorgen über die ungemachten Betten.

„Ich bin wirklich schon sehr gespannt“, schaltete sich Rebecca ein. „Regan hat mir erzählt, dass Sie einige recht seltsame Erlebnisse hatten. Ich würde sehr gern Näheres darüber erfahren. Stimmt es, dass Sie tatsächlich einen Geist gesehen haben?"

„Ich …" Cassie errötete. Hier handelte es sich um etwas, das sie nicht jedem erzählte – und das nicht etwa deshalb, weil das Erlebnis so merkwürdig gewesen war, sondern weil es sich um eine sehr persönliche Angelegenheit handelte.

„Ich habe vor, meinen Aufenthalt dazu zu nutzen, diese Geschichten aufzuschreiben."

„Ja. Ich hab's schon gehört." Cassie holte tief Luft. „Ich habe den Mann gesehen, den Abigail Barlow geliebt hat. Er hat zu mir gesprochen."

Faszinierend, dachte Rebecca ein ums andere Mal, während sie zu dritt durchs Haus gingen und Cassie ihre Geschichte mit ruhiger, leiser Stimme erzählte. Es war eine tragische Geschichte von Liebe und Tod. Angesichts der Vorstellung von ruhelos umherwandernden Geistern überlief Rebecca ein Schauder, aber sie verspürte nicht die tiefe Verbundenheit, die sie nach ihrem gestrigen Erlebnis auf der Herfahrt erwartet hatte. Interesse, das wohl, und auch brennende Neugier, aber keine Vertrautheit.

Später, als Rebecca allein durch den Wald wanderte, gestand sie sich ein, dass sie gehofft hatte, eine tiefe persönliche Erfahrung zu machen, etwas zu sehen oder zumindest zu spüren, für das es auf den ersten Blick keine rationale Erklärung gab. Sie nährte ihr Interesse an Übersinnlichem schon eine ganze Weile, doch bis jetzt war alles nur Fantasie. Langsam wurde Rebecca ungeduldig. Bisher war es ihr nur in ihren Träumen gelungen, sich aus der existierenden Welt fortzustehlen und in weite Fernen zu entrücken.

Das Haus, in dem sie eben gewesen war, bewahrte ein Geheimnis aus lang zurückliegender Zeit in sich, das sich nur dem öffnete, der auf ganz bestimmte Weise zu sehen, zu hören und zu fühlen verstand. Sie aber hatte nur die schöne Oberfläche gesehen, es war ihr nicht gelungen, tiefer einzudringen. Die Geister oder was auch immer es sein mochte, das in diesem Haus herumspukte, hatten sich ihr nicht zu erkennen gegeben.

Doch sie durfte die Hoffnung nicht aufgeben. Ihre Ausrüstung würde heute eintreffen, und Cassie hatte ihr für die nächsten paar Tage im Inn ein Zimmer angeboten mit der Zusicherung, dass sie mehr als willkommen sei.

Noch war nicht alles verloren. Sie würde forschen, so lange forschen, bis das Haus auch ihr sein Geheimnis preisgab.

Hier irgendwo hatten die beiden jungen Soldaten aufeinander geschossen. Sie lauschte angestrengt, aber sie vernahm weder das Krachen von Gewehrsalven noch Schmerzensschreie. Sie hörte nur das Zwitschern der Vögel, Blätterrascheln, verursacht von eilig herumhuschenden Eichhörnchen auf der Suche nach Nüssen, und das leise Summen der Insekten. Kein Lüftchen regte sich.

Sie folgte Cassies präziser Beschreibung und erreichte die Stelle, an der die beiden Soldaten aufeinandergetroffen waren. Dort ließ sie sich auf einem Felsblock nieder, nahm ihr Notizbuch aus ihrer Handtasche und begann ihre Gedanken niederzuschreiben:

„Heute hatte ich lediglich ein paar ganz leichte Déjà-vu-Erlebnisse. Nichts, was dem vergleichbar wäre, was ich gestern in der Nähe der MacKade-Farm empfunden habe. Es ist wundervoll, endlich wieder einmal mit Regan zusammen zu sein, ihr Glück aus nächster Nähe zu beobachten und ihre Familie kennenzulernen. Ich glaube, es ist wahr, dass manche Menschen ihre vollkommene Ergänzung in einem anderen Menschen finden. Bei Regan ist das zweifellos der Fall. Rafe MacKade ist ein wunderbarer Mann, er strahlt so viel Stärke und Selbstsicherheit aus, dass ihm wohl kaum eine Frau widerstehen könnte. Es tut wirklich gut, mit anzusehen, wie sehr er Regan und die Kinder liebt. Die beiden scheinen ihr Glück gefunden zu haben.

Cassie MacKade ist eine kompetente, tüchtige Frau mit gesundem Menschenverstand und einer Ausstrahlung, die ich fast unschuldig zu nennen versucht bin. Sie ist Mutter dreier Kinder, hat einen aufreibenden Job und eine – wie Regan mir anvertraut hat – sehr traurige Vergangenheit. Ich mochte sie auf Anhieb und fühle mich in ihrer Gegenwart sehr entspannt. Eine Art von Entspanntheit, wie ich sie nur sehr wenigen Menschen gegenüber empfinde.

Ich freue mich schon darauf, Devin MacKade, ihren Ehemann, kennenzulernen. Devin ist der Sheriff von Antietam. Ich bin sehr gespannt auf ihn."

Rebecca hielt inne, überflog das Geschriebene noch einmal und schüttelte amüsiert über sich selbst den Kopf. Ihre Aufzeichnungen waren alles andere als wissenschaftlich.

„Auf jeden Fall fiel mir im MacKade-Inn nichts Außergewöhnliches auf. Cassie und Regan zeigten mir die Braut-Suite, einst Abigail Barlows Zimmer, einen Raum in einem entlegenen Teil des Hauses, wo sie die letzten Jahre ihres Lebens verbrachte.

Hier ist sie auch gestorben – zumindest Cassies Meinung nach durch eigene Hand. Ich bekam Gelegenheit, mir das Herrenzimmer, Charles Barlows Refugium, anzusehen und das ehemalige Kinderzimmer, das jetzt ein hübsches Schlafzimmer ist. In der Bibliothek behaupteten sowohl Regan als auch Cassie, starke übersinnliche Wahrnehmungen gehabt zu haben, was ich nicht anzweifle; ganz im Gegenteil, ich beneide sie um ihre Offenheit solchen Dingen gegenüber.

Leider scheint es so zu sein, dass mein Verstand zu sehr im Rationalen wurzelt, als dass es mir gelingen könnte, ins Unterbewusste vorzudringen. Hier, in den Wäldern, in denen es seit fast einem Jahrhundert spukt, verspüre ich nur die Kühle des tatsächlich existierenden Schattens und sehe lediglich das, was auch wirklich mit Händen zu greifen ist – Bäume, Sträucher und Felsen. Vielleicht wird mir die Technik zu Hilfe kommen. Ich hoffe, dass meine Ausrüstung heute eintrifft. In der Zwischenzeit werde ich der MacKade-Farm einen Besuch abstatten. Irgendetwas in mir drängt mich dazu, aber ich bin mir nicht sicher, ob ich dort auch wirklich willkommen bin. Mein Eindruck war, dass Shane MacKade übersinnlichen Dingen gegenüber wenig aufgeschlossen ist, während ich entschlossen bin, mich ihnen zu nähern, um sie, wenn möglich, am eigenen Leibe zu erfahren. Doch willkommen oder nicht, ich bin bereits unterwegs zur Farm und gespannt, was mich dort erwartet. Wenn schon nichts aus dem Reich der Geister, so wird es zumindest interessant sein, einmal eine Ranch aus nächster Nähe besichtigen zu können.

Zumal es (eine persönliche Anmerkung) mir ein Vergnügen sein wird, einen zweiten Blick auf den Farmer zu werfen. Er ist traumhaft."

Erneut über sich selbst schmunzelnd, klappte Rebecca ihr Notizbuch zu und verstaute es in ihrer Umhängetasche. Was wohl Shane dazu sagen würde, wenn er wüsste, dass sie ihn als traumhaft bezeichnet hatte? Nun, wahrscheinlich war er schon an derartige Komplimente gewöhnt.

Als Rebecca aus dem Wald trat, fiel ihr Blick auf das Farmhaus. Es lag auf der anderen Seite eines Feldes, von dem ein strenger Jauchegestank aufstieg. Rebecca störte sich nicht an dem Geruch, im Gegenteil, er machte sie neugierig. Aber sie achtete sorgfältig darauf, wohin sie ihren Fuß setzte.

Der Anblick, der sich ihr bot, strahlte Ruhe und Frieden aus. Über den blauen Sommerhimmel zogen vereinzelt weiße Wölkchen, und ganz in der Nähe plätscherte ein kleiner Bach. Das Korn stand schon hoch und leuchtete golden in der Sonne. Hinter dem Feld entdeckte sie eine alte verwitterte Scheune, und daneben ragte ein blauer Turm auf, von dem sie annahm, dass es sich dabei um ein Getreidesilo handeln musste.

Und es gab noch mehr Schuppen, Silos und Koben. Auf einer eingezäunten Weide grasten friedlich schwarz-weiße Kühe.

Aus der Ferne erinnerte das Bild an ein Stillleben auf einer Postkarte. Man hatte den Eindruck, dass hier alles schon immer so gewesen war und dass sich auch nie etwas verändern würde. Das Herzstück des Ganzen war zweifellos das Wohnhaus.

Als sie sich ihm näherte, begann ihr Herz sofort schneller zu schlagen.

Sie blieb stehen.

Auf den ersten Blick erinnerte das Haus mit seinen dicken Mauern fast an eine Festung. Stark und unverwüstlich. Die Fenster waren relativ klein, und die große Holzveranda auf der Rückseite hätte einen neuen Anstrich vertragen können. Rebecca fragte sich, ob es vorn wohl auch eine Veranda gab. Es war anzunehmen. Vermutlich stand ein Schaukelstuhl darauf, und ein Vordach hielt Sonne und Regen ab, sodass man bei jeder Witterung draußen sitzen konnte.

Rebecca setzte ihren Weg fort und zögerte nur kurz, als zwei große Hunde auf sie zugerast kamen. Regan hatte ihr schon von ihnen erzählt, sie waren die Eltern des Golden Retrievers ihrer Freundin und tollten jetzt, übermütig mit den Schwänzen wedelnd, um sie herum und bellten sich die Kehlen heiser.

„Brave Hunde." Zumindest hoffte sie, dass sie das waren, während sie vorsichtig die Hand ausstreckte, um ihnen übers Fell zu streichen. „Brave Hunde. Ihr seid Fred und Ethel, nicht wahr?"

Beide gaben ein zustimmendes heiseres Bellen von sich und rasten dann zurück zum Haus. Rebecca fasste es als Einladung auf und folgte ihnen.

Schweine, dachte sie, als sie an einem Koben vorüberkam. Sie blieb stehen und betrachtete sie eingehend. Als sie zu grunzen begannen und anfingen, mit ihren Schnauzen den Erdboden in der Nähe des Zauns, vor dem sie stand, aufzuwühlen, lächelte sie. Sie wollte gerade die Hand durch die Zaunlatten stecken, da ließ eine Stimme sie mitten in der Bewegung innehalten.

„Sie beißen."

Rebecca zog erschrocken ihre Hand zurück. Als sie aufschaute, sah sie Shane zwei Meter entfernt vor sich stehen, in der Hand einen großen Schraubenschlüssel.

Shane lächelte. Ein Lächeln, von dem er wusste, dass es seine Wirkung auf Frauen nicht verfehlte, dessen war sich Rebecca sicher.

„Sie beißen also“, wiederholte sie und versuchte sich seiner erotischen Ausstrahlung zu entziehen.

„Ganz richtig, Schätzchen.“ Er verstaute den Schraubenschlüssel in seiner Gesäßtasche, während er näher kam. „Sie sind gierig.“ Ganz zwanglos nahm er ihre Hand und betrachtete sie eingehend. „Hübsche Finger. Lang, schlank und feingliedrig.“

„Ihre sind schmutzig.“

„Ich bin bei der Arbeit.“

„Wie man sieht.“ Sie lächelte freundlich und entzog ihm ihre Hand. „Ich wollte Sie nicht stören.“

„Halb so schlimm.“ Er streichelte die Hunde, die zurückgekommen waren. „Ich bin gerade dabei, einen Rechen zu reparieren.“

„Dabei wird man so schmutzig?“

„Ich rede nicht von einem putzigen kleinen Rechen mit einem Holzstiel, Stadtmädchen. Waren Sie drüben im Inn?“

„Ja. Ich habe Cassie kennengelernt. Sie hat eine Führung mit mir gemacht und wollte mich eigentlich anschließend wieder zu Regan zurückfahren, doch da ich gerade in der Gegend war …“ Sie unterbrach sich und warf einen Blick in den Schweinestall. „Ich habe noch nie in meinem Leben Schweine aus der Nähe gesehen. Ich wüsste gern, wie sie sich anfühlen.“

„Sie haben Borsten“, erklärte er ihr. „Wie eine harte Bürste. Es fühlt sich nicht besonders gut an.“

„Oh.“ Sie drehte sich um und ließ ihren Blick schweifen. „Da drüben ist noch eine Menge freies Feld. Warum bauen Sie dort nichts an?“

„Weil sich das Land immer wieder für einige Zeit erholen muss.“

Er schaute auf das Feld neben dem Wald. „Sie sind doch nicht etwa hergekommen, um etwas über Ackerbau und Viehzucht zu lernen?“

„Vielleicht.“ Sie lächelte. „Aber nicht jetzt.“

„Aha. Und warum sind Sie dann gekommen?“

„Ich wollte mich nur ein bisschen umschauen. Falls ich Ihnen nicht im Weg bin.“

„Hübsche Frauen sind mir nie im Weg.“ Er nahm sein Stirnband ab und wischte sich die Hände daran ab, bevor er es in die Tasche steckte. „Kommen Sie.“

Noch bevor sie reagieren konnte, nahm er ihre Hand und zog sie mit sich. Nachdem sie um den Schuppen herumgegangen waren, fiel ihr Blick auf eine große, gefährlich aussehende Maschine mit heimtückisch scharfen Zähnen.

„Das ist ein Rechen“, klärte er sie in mildem Ton auf und lächelte sie an.

„Und was haben Sie mit ihm gemacht?“

„Repariert.“

Er führte sie hinüber zum Stall. Leute aus der Stadt interessierten sich dafür immer in erster Linie. Als sie am Hühnerstall vorbeikamen, blieb Rebecca stehen.

„Hühner züchten Sie also auch. Wegen der Eier?“

„Wegen der Eier, sicher. Und zum Schlachten.“

„Sie essen Ihre eigenen Hühner?“

„Da weiß man wenigstens, was man hat, Schätzchen. Warum sollte ich mir meine Hähnchen auf dem Markt kaufen? Möchten Sie zum Essen bleiben?“

„Oh, nein, danke“, gab sie matt zurück.

„Waren Sie schon mal bei einem Schlachtfest? Wir halten einmal im Jahr eins ab, das wir mit einer Spendenbeschaffungsaktion für die örtliche Feuerwehr verbinden. Morgens gibt’s immer ein Riesenfrühstück, und dann geht’s los.“

Sie presste sich eine Hand auf den Magen, der plötzlich zu rebellieren begann. „Sie machen sich bloß über mich lustig.“

„Nein, wirklich, Sie müssen mal von einer Wurst kosten, die …“

„Ich überlege gerade, ob ich nicht vielleicht Vegetarierin werden sollte“, erwiderte sie schnell.

Rebecca betrat den Stall und ließ den Blick über die Boxen und Verschläge schweifen. Der Zementboden fiel zur Mitte hin leicht ab. Aus dem Heu stiegen Staubpartikel auf, die ihr einen Juckreiz in der Nase verursachten. Es war dämmrig und roch streng nach Tieren.

Rebecca schlenderte an den Boxen entlang und stieß einen erstickten Schrei aus, als überraschend ein Rind seinen Kopf hob und sie anblökte.

„Sie hat eine Infektion“, erklärte Shane und unterdrückte ein Lächeln. „Deshalb muss ich sie derzeit von dem anderen Vieh getrennt halten.“

Rebecca beruhigte sich wieder. „Oh. Sie ist ja riesengroß.“

„Ach, das kommt Ihnen nur so vor. Im Verhältnis zu den anderen ist sie sogar eher klein. Sie können sie anfassen. Hier oben.“ Er nahm Rebeccas Hand und legte sie der Kuh auf die Stirn.

„Wird sie wieder gesund werden?"

„Aber ja. Sie befindet sich schon auf dem Weg der Besserung."

„Sie behandeln Ihre Tiere selbst? Lassen Sie keinen Tierarzt kommen?"

„Nicht bei jeder Kleinigkeit." Es gefiel ihm, ihre Hand unter seiner zu spüren, die Art, wie sie sich verkrampfte und dann langsam wieder entspannte. Die Art, wie sich jetzt ihre Finger spreizten, um der Kuh das Fell zu kraulen.

Merkwürdig, wie sie ihn ansah. Sie stellte für ihn eine Herausforderung dar, der er nur schwer widerstehen konnte. Mutwillig streifte sein Blick ihren Mund. „Was machen Sie denn mit all diesen akademischen Graden, von denen Regan mir erzählt hat?"

„Einfach nur sammeln." Sie hatte Mühe, ihre Stimme ruhig zu halten.

„Warum?"

„Weil Wissen Macht bedeutet." Er flirtete jetzt ganz unverhohlen mit ihr. Dem musste sie ein Ende bereiten. Vorsichtig trat sie einen Schritt zurück und holte tief Luft. „Hören Sie, ich bin wirklich sehr interessiert an der Farm, und ich hoffe, dass Sie mir demnächst alles noch ein bisschen ausführlicher zeigen.

Aber jetzt würde ich mir gern noch das Farmhaus ansehen, insbesondere die Küche, wo der junge Soldat gestorben ist."

„Die Blutlache haben wir aber schon lange aufgewischt."

„Beruhigend zu hören." Sie hob den Kopf. „Gibt es ein Problem?"

Ja, es gab ein Problem. „Regan hat mich gebeten, kooperativ zu sein, also tue ich mein Bestes. Ihr zuliebe. Allerdings muss ich gestehen, dass mir die Vorstellung, dass Sie auf der Suche nach Gespenstern in meinem Haus herumschnüffeln, nicht besonders behagt."

„Sie haben doch sicher keine Angst vor dem, worauf ich unter Umständen stoßen könnte, oder?"

„Ich habe vor überhaupt nichts Angst." Sie hatte einen wunden Punkt berührt. „Ich habe nur gesagt, dass es mir nicht gefällt."

„Warum gehen wir nicht einfach hinein? Sie bieten mir einen kühlen Drink an, und dann sehen wir, ob wir nicht einen Kompromiss finden."

Dagegen ließ sich schwerlich etwas einwenden. Er nahm wieder ihre Hand, diesmal allerdings ohne Hintergedanken. Doch als sie die Hintertür erreicht hatten, beschloss er, sich noch eine zweite Chance zu geben. Für eine Wissenschaftlerin duftete sie verdammt gut.

„Ich habe Eistee, wenn Sie möchten“, bot er an.

„Großartig.“ Das war alles, was sie sagte, während sie in der Tür stand und sich erstaunt umsah.

Die Küche mit dem großen Holztisch, auf dem noch die aufgeschlagene Morgenzeitung lag, den robusten Holzstühlen und den Schränken mit den Glastüren, hinter denen man das Geschirr sehen konnte, erweckte einen gemütlichen Eindruck. Sie war genau das, was sie als eine Familienküche bezeichnet hätte.

Auf dem Fensterbrett standen kleine Töpfe mit grünen Pflänzchen. Sie brauchte nicht erst an ihnen zu riechen, um zu erkennen, worum es sich dabei handelte: Rosmarin, Thymian, Basilikum.

Shane stellte zwei Gläser mit Eistee auf den Tisch, dann musterte er seinen Gast stirnrunzelnd. „Haben Sie noch nie eine Küche gesehen?“

Kühl lächelnd wandte sie sich zu ihm um. Sie musste es irgendwie bewerkstelligen, irgendwann ein paar Minuten allein hier zu verbringen, dann würde es ihr bestimmt gelingen, das aufzuspüren, was hinter den Dingen lag. „Diese mustergültige Ordnung hier überrascht mich. Das hätte ich nicht erwartet.“

Er reichte ihr ein Glas. „Meine Mutter hat uns alle darauf gedrillt, die Küche sauber zu halten. Hier wird gegessen, hier wird gekocht. Im Milchhaus muss man ja auch darauf achten, dass alles keimfrei ist."

„Im Milchhaus", wiederholte sie. „Ich würde gern einmal beim Melken zuschauen."

„Gern. Wenn Sie morgens um sechs aus dem Bett finden. Warum ziehen Sie Ihren Blazer nicht aus? Es ist warm." Und ihn interessierte, wie sie darunter aussah.

„Mir ist nicht zu warm." Sie schlenderte durch die Küche und warf einen Blick aus dem Fenster. „Eine herrliche Aussicht. Fällt Ihnen das schon gar nicht mehr auf?"

„Nein. Sie werden sich mit der Zeit auch daran gewöhnen." Er trat hinter sie und strich mit dem Zeigefinger leicht über ihren Nacken. Sie erstarrte. „Sie haben wunderhübsches Haar, Rebecca. Es steht Ihnen so kurz, weil es Ihren Nacken gut zur Geltung bringt. Und Sie haben wirklich einen sehr schönen Nacken."

Langsam drehte sie sich zu ihm um. „Wollen Sie bei mir landen, Farmboy?"

„Ich bin von Natur aus sehr neugierig." Er stellte

sein Glas hinter sich auf den Küchentresen, dann nahm er ihr ihres aus der Hand, stellte es daneben und trat dicht vor sie. „Sie nicht?"

„Wissenschaftler müssen das wohl sein."

„Was halten Sie von einem Experiment?"

„Was denn für eins?"

„Nun, ich mache das …"

4. KAPITEL

Shane legte Rebecca die Hände um die schlanke Taille und ließ die Finger zärtlich über ihren Rücken gleiten. Dass er plötzliches Begehren spürte, überraschte ihn nicht. Dass ihn das Verlangen jedoch mit einer solchen Heftigkeit überfiel, hatte er nicht erwartet. Nicht bei ihr.

Was ihn allerdings nicht daran hinderte, dieses Gefühl in vollen Zügen zu genießen. Da sie seinen Zärtlichkeiten keinen Einhalt gebot, presste er sie fest an sich.

Plötzlich spürte er den unwiderstehlichen Drang, sie zu küssen. Doch als er den Kopf neigte, hob sie das Kinn und fragte: „Ein Experiment? Fußend auf welcher Hypothese?“

„Wie?“

„Ihre Hypothese“, wiederholte sie, erleichtert, ihn verunsichert zu haben. Das gab ihr Zeit, sich zu wappnen. „Ihre These, was bei diesem Experiment herauskommen soll.“

„These?“ Er konnte den Blick nicht von ihrem faszinierenden Mund wenden. „Wie wär’s mit beiderseitigem Vergnügen? Reicht das, Doc?“

„Sicher. Warum nicht? Sie wollen mich küssen, Farmboy, also machen Sie schon."

„Ich war ja gerade dabei." Doch seine Lippen streiften ihren Mund nur und glitten hinunter zu ihrem Kinn. Sie hatte mit Abstand das hübscheste Kinn, das er jemals gesehen hatte.

Dann berührten seine Lippen ihre, leicht wie der Flügelschlag eines Schmetterlings. Er liebte es von jeher, das Vergnügen hinauszuzögern.

Vielleicht war das der Grund, weshalb er aufhörte zu denken, gerade lange genug aufhörte, um sich in diesem weichen Mund zu verlieren. Um ihre Lippen mit der Zungenspitze zu öffnen und das Innere ihres Mundes zu erkunden.

Sie schmeckte seltsam vertraut. Er fragte sich, wie das möglich sein konnte, da er sie schließlich zum ersten Mal küsste, aber er war sich sicher, dass er diesen Geschmack kannte. Und diese Vertrautheit erregte ihn mehr als alles andere.

Sie war so zierlich und hatte kleine feste Brüste. Und ihr Duft, der ihn an eine blühende Sommerwiese erinnerte, ließ sein Herz schneller schlagen. So schnell, dass erst ein paar schwindelerregende Minuten vergingen, ehe er bemerkte, dass sie sich nicht bewegt hatte. Sie stand einfach nur bewegungslos da, ohne ihn zu berühren und ohne seinen Kuss zu erwidern.

Dass sie überhaupt nicht reagierte, wirkte auf ihn wie eine Ohrfeige. Er trat einen Schritt zurück, zu hastig, um lässig zu wirken, doch gleich darauf hatte er sich wieder in der Gewalt. Mit zusammengezogenen Augenbrauen studierte er ihr unbeteiligtes Gesicht, die Augen, in denen nur schwaches, kaum erkennbares Interesse schimmerte, die zu einem leichten Lächeln nach oben gezogenen Mundwinkel.

„Das war recht nett“, sagte sie in einem solchen Ton, dass er ihr am liebsten den Hals umgedreht hätte. „War das Ihr Meisterschuss?“

Er sah sie nur wortlos an. Nach einer Weile sagte er: „Tja, scheint wohl ein Blindgänger gewesen zu sein, dieses Experiment. Aber jetzt ruft meine Arbeit.“ Er deutete mit dem Kopf auf das Telefon. „Rufen Sie bitte Cassie an, wenn Sie sich hier fertig umgesehen haben“, sagte er geschäftig.

„Danke. Bis heute Abend beim Dinner dann.“

An der Tür wandte er sich noch einmal um. „Sie sind wirklich ziemlich cool, Rebecca.“

„Sie sind nicht der Erste, von dem ich das zu hören bekomme. Vielen Dank für den Drink, Farmboy. Und das Experiment, es war wirklich interessant.“

Als die Tür hinter ihm ins Schloss fiel, befürchtete Rebecca, die Beine könnten ihr jeden Moment den Dienst versagen.

Dass ein Mann so küssen konnte! Ganz offensichtlich war Shane MacKade eine Gefahr für die gesamte Frauenwelt. Keine Frau war vor ihm sicher.

Zum Glück hatte sie sich keine Blöße gegeben. Dabei wäre sie am liebsten seufzend vor Verlangen in seine Arme gesunken. Hätte er auch nur noch eine Sekunde weitergemacht, wäre sie verloren gewesen.

Leidenschaft für ihre Arbeit war ihr nicht fremd, doch diese Art von Leidenschaft war ihr neu. Sie war überzeugt davon, dass schon weitaus erfahrenere Frauen als sie dem Charme Shane MacKades zum Opfer gefallen waren. Das konnte nur böse enden. Um auf Nummer sicher zu gehen, durfte sie nichts anderes tun, als sich weiterhin unnahbar zu geben. Auf keinen Fall durfte er merken, wie sehr sie sich von ihm angezogen fühlte.

Sicherheit, dachte Rebecca seufzend und stellte ihr Glas auf den Tresen. Sie wusste nur allzu gut, wie langweilig Sicherheit sein konnte. Sie war nach Antietam gekommen, um sich etwas zu beweisen. Um sich neuen Herausforderungen zu stellen, unbekannte Wege zu beschreiten.

Shane gehörte nicht zu ihrem Plan.

Aber sein Haus. Sie holte tief Atem, um ihre aufgepeitschten Nerven zu beruhigen. Dieses Haus hielt etwas für sie bereit, davon war sie überzeugt. Nur war sie im Moment nicht in der geeigneten Verfassung, um dieses Etwas erfühlen zu können und zu erfahren, worum es sich dabei handelte.

Ein andermal. Sie würde zu einem günstigeren Zeitpunkt hierher zurückkommen und sich in aller Ruhe und Ausführlichkeit umsehen. Was Shane anbelangte, so würde sie bei ihm ihren Charme spielen lassen und ihn gleichzeitig auf Abstand halten. Das Dinner heute Abend bei Regan war ein guter Anfang.

Überall waren Kinder – Babys, Kleinkinder, ältere Kinder, alle damit beschäftigt, entweder zu schreien, zu plappern, vor Vergnügen zu kreischen oder herumzurasen. Über den ganzen Teppich im Wohnzimmer lag Spielzeug verstreut.

Rebecca wusste mittlerweile, wer zu wem gehörte. Layla, die mit ihrem fast gleichaltrigen Cousin Nate auf dem Boden hockte und mit Bauklötzen spielte, gehörte zu Jared und Savannah ebenso wie der schlanke dunkelhaarige Bryan.

Rebecca wusste auch, dass Jared der älteste der MacKade-Brüder war, ein Rechtsanwalt, der sich, seiner gelockerten Krawatte nach zu urteilen, ganz zu Hause fühlte.

Seine Frau war wohl die femininste Frau, der Rebecca jemals begegnet war. Hochschwanger, mit glänzendem schwarzem langem Haar, das sie zu einem dicken Zopf geflochten hatte, und mit dunklen Augen erinnerte sie Rebecca an eine Fruchtbarkeitsgöttin.

Connor, Cassies Sohn, war etwa in Bryans Alter, sein Haar war ebenso blond wie das seines Cousins dunkel, und seine Augen strahlten dieselbe Wärme aus wie die seiner Mutter. Dann war da noch Emma, ein blond gelocktes Mädchen von ungefähr sieben, das sich im Sessel eng an den Stiefvater, Devin MacKade, drängte. Devin hatte einen Arm um sie gelegt, während in seiner anderen Armbeuge das Baby, das Rebecca im Inn bereits bewundern durfte, friedlich schlummerte.

Die MacKade-Brüder mochten vielleicht wild und raubeinig sein, aber Rebecca hatte noch niemals Männer gesehen, die in ihren Familien so fest verwurzelt waren.

„Und wie gefällt es Ihnen bis jetzt in Antietam?“

Rafe umrundete geschickt Hund, Spielzeug und Kinder und reichte Rebecca ein Glas Wein.

„Oh, sehr gut“, erwiderte sie und lächelte ihn an. „Ein ruhiges, reizvolles Städtchen, in dem man auf Schritt und Tritt der Geschichte begegnet.“

„Und Gespenstern?“

„Daran scheint niemand zu zweifeln.“ Sie warf Shane, der es sich neben Savannah bequem gemacht hatte und im Moment anerkennend ihren dicken Bauch tätschelte, einen amüsierten Blick zu. „Fast niemand.“

„Manche Leute blocken ihre Fantasie ab. Es gibt hier Orte, die sehr starke Erinnerungen an die Vergangenheit auslösen.“

Erinnerungen, dachte Rebecca. So konnte man es auch nennen. Sie fand es eine faszinierende Betrachtungsweise. „Erinnerungen“, sagte sie laut.

Savannah zuckte die Schultern und sagte. „Gewaltsamer Tod und das nachfolgende Unglück hinterlassen ihre Spuren. Tiefe Spuren. Aber natürlich ist das eine völlig unwissenschaftliche Betrachtungsweise.“

„Oh, das hängt ganz davon ab, welcher Theorie man anhängt“, gab Rebecca lebhaft zurück.

„Ich denke, wir haben alle schon irgendwie unsere

Erfahrungen mit Geistern gemacht", mischte sich Jared nun ein.

„Sprich nur für dich selbst." Shane trank sein Bierglas in einem Zug leer. „Ich jedenfalls renne nicht durch die Gegend und rede mit Leuten, die gar nicht anwesend sind."

Jared lächelte nur. „Er ist immer noch sauer auf mich, weil ich ihm als kleinem Jungen in dem ehemaligen Barlow-Haus einen Riesenschrecken eingejagt habe."

Devin, der den Ausdruck in Shanes Augen nur allzu gut kannte, beschloss, den Friedensrichter zu spielen. „Nicht nur ihm, du hast uns alle mit deinem idiotischen Kettengerassel und Türenquietschen zu Tode erschreckt. Ich denke doch, dass Sie nach etwas seriöseren Beweisen für die Untermauerung Ihrer Theorie suchen, Rebecca?"

„Ja, sicher. Aber bisher schaue ich mich nur ein bisschen um." Es überraschte und freute sie, als Nate jetzt auf ihren Schoß krabbelte. Sie hatte bisher nicht genügend Umgang mit Kindern gehabt, um sich darüber klar werden zu können, ob sie Kinder mochte oder nicht. „Ein bisschen skeptisch macht mich die ganze Sache schon noch", fügte sie hinzu, während sich Nate an ihrer Halskette zu schaffen machte.

„In fünf Minuten gibt's Essen", verkündete Regan, die eben mit hochroten Wangen ins Zimmer trat. „Sammelt die Kinder ein. Rafe?"

„Jason schläft. Ich habe ihn hingelegt."

„Ich kümmere mich um Layla." Shane lächelte Savannah frech an. „Jared braucht ja bestimmt mindestens fünf Minuten, bis er dich von der Couch hochgehievt hat."

„Jared, versprich mir, dass du ihm das nach dem Essen heimzahlst."

„Versprochen", versicherte Jared seiner Frau und half ihr beim Aufstehen.

Einige Zeit später hatten sich alle um den großen Tisch im Esszimmer versammelt, an dem auch die hohen Kinderstühle Platz fanden.

Die italienische Vorspeise, die Regan zubereitet hatte, war köstlich, und die Spaghetti Marinara waren es nicht minder, ebenso wie das knusprige, selbst gebackene Brot. Rebecca war hingerissen, so gut hatte es ihr schon lange nicht mehr geschmeckt. Regan hatte genug Essen für eine ganze Armee aufgefahren, und jeder ließ es sich schmecken.

Fasziniert beobachtete sie das bunte Treiben um sich herum.

„Mund auf."

„Was?“ Sie wandte überrascht den Kopf. Noch mehr allerdings überraschte sie die Gabel mit Pasta vor ihrer Nase. Automatisch öffnete sie den Mund.

„So einfach geht das.“ Shane rollte die nächsten Spaghetti auf dic Gabel. „Und jetzt dasselbe noch einmal.“

„Ich kann schon allein essen.“ Peinlich berührt nahm sie ihm die Gabel aus der Hand und führte sie selbst zum Mund.

„Das tun Sie aber nicht“, behauptete er. „Sie sind viel zu sehr damit beschäftigt, sich erstaunt umzuschauen. Man hat fast den Eindruck, Sie seien auf einem fremden Planeten gelandet.“ Er griff nach der Weinflasche und schenkte ihr nach, noch bevor sie Gelegenheit gehabt hätte abzulehnen. Sie trank nie mehr als zwei Gläser Wein am Abend. „Erscheinen einem die MacKades vom wissenschaftlichen Standpunkt aus wie Außerirdische?“

„Sie sind interessant“, gab sie kühl zurück. „Egal von welchem Standpunkt aus. Wie fühlt man sich als Mitglied einer so lebendigen Familie?“

„Darüber habe ich noch nie nachgedacht.“

„Jeder denkt über seine Familie nach.“

„Für mich ist es einfach so, wie es ist.“ Shane nahm sich aus der großen Schüssel noch einmal nach.

„Da Sie ja der jüngste der Brüder MacKade sind, müssten Sie doch eigentlich …“

„Wollen Sie mich analysieren, Doc?“, unterbrach Shane sie spöttisch. „Brauchen wir dafür nicht eine Couch und einen Wecker, der nach fünfzig Minuten klingelt?“

„Ich unterhalte mich nur mit Ihnen.“ Irgendetwas brachte sie aus dem Konzept. Dabei hatte sie sich bis jetzt so gut gehalten. Sie versuchte ihre Verunsicherung mit einem Schluck Wein hinunterzuspülen. „Warum erzählen Sie mir nichts über das Gras, das Sie morgen mähen wollen?“

„Sie können gern vorbeikommen und mir helfen.“

„Das klingt faszinierend, aber ich muss morgen leider arbeiten. Meine Ausrüstung ist nämlich eingetroffen. Wenn Sie mir jedoch in ein paar Tagen ein Zimmer in Ihrer Mansarde frei machen, finde ich bestimmt Zeit, Ihnen ein bisschen zur Hand zu gehen. Ich freue mich schon sehr darauf, einen leibhaftigen Farmer als Studienobjekt zu haben.“

„Ach ja?“ Er wandte sich ihr jetzt voll zu. Dabei streifte er mit der Hand, die auf ihrer Lehne lag, wie zufällig ihre Schulter. „Wenn es so ist, Rebecca, warum kommen Sie dann nicht schon heute Nacht mit zu mir? Wir …“

„Shane, hör sofort auf, mit Rebecca zu flirten." Regan schüttelte missbilligend den Kopf, während sie ihm über den Tisch hinweg einen scharfen Blick zuwarf. „Du bringst sie mit deinen albernen Annäherungsversuchen in Verlegenheit."

„Ich habe doch gar nicht geflirtet. Wir machen nur Konversation. Stimmt's, Rebecca?"

„So was Ähnliches."

„Shane kann es einfach nicht lassen." Savannah schob ihren Teller zurück. „Eine kluge Frau tut gut daran, ihn nicht ernst zu nehmen."

„Gut, dass Rebecca zu dieser Sorte gehört", schaltete sich Devin jetzt ein. „Es ist gelegentlich schon deprimierend zu sehen, wie manche Frauen ihm hinterherlaufen."

„Ja, ich bekomme auch immer schreckliche Depressionen davon." Shane lächelte unverschämt. „Es fällt mir dann jedes Mal furchtbar schwer, den Kopf oben zu behalten. Erst vergangene Woche hat mir Louisa Tully einen Pfirsichkuchen vorbeigebracht. Es war demoralisierend, glaubt mir."

Rafe schnaufte verächtlich. „Das Problem ist, dass die meisten von ihnen es wohl niemals kapieren werden, dass du zu den Männern gehörst, bei denen Liebe nicht durch den Magen geht, sondern durch … Au!"

Er zuckte zusammen und lachte, als Regan ihm unter dem Tisch einen empfindlichen Fußtritt versetzte. „Kopf. Ich wollte Kopf sagen."

„Das weiß ich doch", gab Regan mit Unschuldsmiene zurück. „Was anderes habe ich auch nicht erwartet."

„Shane küsst jede Frau", sagte Bryan.

Rebecca, der dieses Gespräch Spaß zu machen begann, lehnte sich vor und lächelte den Jungen an. „Tut er das wirklich?"

„Na klar. Ständig. Auf der Farm, im Park, sogar mitten in der Stadt. Und manche kichern dann immer so blöd." Er rollte die Augen. „Con und ich finden es widerlich."

Shane war schon immer der Meinung gewesen, dass man Feuer am besten mit Feuer in Schach hielt. Er wandte sich seinem Neffen zu. „Mir ist zu Ohren gekommen, dass Jenny Metz in dich verknallt ist. Ist da was dran?"

Bryan wurde rot. „Nein. Absolut nichts."

Jared warf seinem Stiefsohn einen liebevollen Blick zu und lenkte das Gespräch in sicherere Bahnen.

Von ihrem Platz aus beobachtete Savannah, wie sich Shane zu Bryan hinüberbeugte und ihm etwas ins Ohr flüsterte.

Die Runde hatte ihre Mahlzeit noch nicht vollständig beendet, als quengeliges Weinen aus dem Lautsprecher des Babyfons ertönte. Nach einer kurzen, aber hitzigen Debatte erhob sich Rebecca, um die Teller zusammenzuräumen. Die Babys forderten ihr Recht, und die anderen Kinder mussten zu Bett gebracht werden. Sie war fest entschlossen, in der Küche für Ordnung zu sorgen, auch wenn sich noch so viel Widerspruch dagegen erhob.

Während sie das Geschirr unter laufendem Wasser abspülte, hörte sie die Stimmen aus dem Wohnzimmer und die, die aus dem Lautsprecher, der in der Küche stand, drangen. Rafe verhandelte mit Nate wegen einer Gutenachtgeschichte, und Regan sprach leise auf das Baby ein, während sie es stillte.

Irgendjemand – sie glaubte, Devins Stimme zu erkennen – forderte die Kinder auf, ihr Spielzeug wegzuräumen. Einen Moment später steckte Jared seinen Kopf durch den Türspalt und entschuldigte sich wortreich dafür, dass er keine Zeit habe, ihr beim Abwasch zur Hand zu gehen.

Nachdem sie etwa ein Viertel des Geschirrbergs abgespült hatte, um ihn anschließend in der Spülmaschine zu verstauen, kam Shane in die Küche geschlendert, die Daumen in den Gürtel gehakt. „Sieht ganz danach aus, als müsste ich mir die Ärmel hochkrempeln."

„Nicht nötig." Rebecca stand vor der Spülmaschine. „Ich komme schon klar."

„Die anderen sind entweder mit Kindern oder schwangeren Ehefrauen beschäftigt. Ich bin die einzige Hilfe, die Sie derzeit bekommen können." Er rollte seine Ärmel hoch. „Meinen Sie, Sie schaffen es heute Nacht noch, das Geschirr zu verstauen?"

„Ich arbeite genau nach Plan." Rebecca begann das Geschirr einzuräumen. „Was haben Sie denn vor?"

„Ich will die Pfannen abwaschen."

„Dann wird es einfacher." Ein Hauch von Zitrone wehte zu ihr herüber, als Shane Spülmittel ins Abwaschwasser gab. Als sie sich nun über die Spülmaschine beugte, stieß sie mit dem Po gegen seinen Oberschenkel, was sie veranlasste, sich augenblicklich wieder aufzurichten.

„Ein bisschen eng hier, wie?", bemerkte Shane schmunzelnd.

Um einen erneuten Zusammenstoß zu vermeiden, ging sie um den Geschirrspüler herum und begann dann, ihn von der anderen Seite her einzuräumen. „Sagen Sie, ist Flirten ein Beruf oder eine Berufung?"

„Keins von beiden. Ein Vergnügen."

„Ist es nicht sehr unangenehm, eine Beziehung erst anzufangen und wieder zu beenden, in einer Kleinstadt, wo jeder von jedem alles weiß?"

„Nicht, wenn man es richtig anstellt. Betreiben Sie schon wieder Feldstudien, Rebecca?"

Sie richtete sich auf und spürte, wie sie rot wurde. „Es tut mir leid. Wirklich. Ich habe die schlechte Angewohnheit, ständig hinter die Dinge schauen zu müssen. Wenn es Ihnen zu viel wird, sagen Sie einfach ‚Schluss jetzt, Rebecca'."

„Schluss jetzt, Rebecca."

Sie lachte und wandte sich wieder ihrer Arbeit zu. „Aber Sie haben eine wundervolle, interessante Familie, das muss ich schon sagen. Ich freue mich sehr, sie kennengelernt zu haben."

„Danke. Ich mag sie auch."

„Das merkt man." Sie schaute auf, um ihre Lippen spielte ein Lächeln. „Und das lässt mich fast zu dem Schluss kommen, dass an Ihnen ein bisschen mehr dran sein könnte, als es auf den ersten Blick den Anschein hat. Ich habe Sie im Umgang mit Ihrer Familie beobachtet, und ich muss sagen, das hat mir sehr gefallen."

Er stellte eine Pfanne in das Abtropfgestell. „Damit haben Sie sich also die ganze Zeit während des Essens beschäftigt. Sie haben eine Milieustudie über die MacKades betrieben."

Ihr Lächeln verschwand wieder. „Nein, wirklich nicht. Im Grunde genommen habe ich an etwas ganz anderes gedacht." Plötzlich unruhig geworden, nahm sie ein feuchtes Tuch und ging zum Herd in der Absicht, ihn abzuwischen. „Ich würde gern mit Ihnen über meinen Aufenthalt auf der Farm reden. Mir ist klar, dass Sie tagsüber sehr beschäftigt sind, und abends haben Sie mit Sicherheit ein Privatleben. Ich möchte Ihnen während meines Aufenthalts wirklich nicht in die Quere kommen."

Das wirst du aber, dachte er. „Ich habe Regan zugesagt, dass Sie für eine Weile auf der Farm wohnen und dort arbeiten können, und dazu stehe ich."

Sie zuckte die Schultern. „Ich will Sie nur nicht stören. Sie sind ja wahrscheinlich den ganzen Tag draußen auf dem Feld, beim Heumachen oder so?"

„Oder so." Obwohl er noch nicht alle Pfannen abgewaschen hatte, nahm er jetzt ein Geschirrtuch und trocknete seine Hände ab. Vielleicht liegt es ja an dem schlanken weißen Nacken, sinnierte er. Er war wie geschaffen dafür, berührt zu werden. Möglicherweise auch an diesen seltsam bernsteinfarbenen

Augen. Oder es war einfach sein eigenes verletztes Ego, das sich zu Wort meldete, nachdem sie ihm heute Morgen eine solche Abfuhr erteilt hatte. Was auch immer es sein mochte, es forderte ihn heraus.

Er trat leise hinter sie. Einem plötzlichen Impuls folgend, senkte er den Kopf und biss ganz zärtlich in ihren Nacken. Sie zuckte zusammen und fuhr auf, während sie vom Kopf bis zu den Zehenspitzen ein heißkalter Schauer überlief. Er legte ihr die Hände auf die Schultern und drehte sie zu sich herum, sodass sie gezwungen war, ihn anzusehen.

„Diesmal bitte nicht ganz so kühl wie heute Morgen, Doc", flüsterte er und küsste sie.

Sie hatte keine Zeit, sich zu wappnen, zu überlegen, sich zu wehren. Sein Kuss überwältigte sie ganz einfach. Ihr wurde schwindlig, ihre Knie drohten nachzugeben. Noch nie in ihrem Leben waren so viele verschiedene Gefühle auf einmal auf sie eingestürmt. Seine Lippen waren heiß und geschmeidig und seine Hände kräftig und zärtlich zugleich. Er duftete nach Zitrone und Seife und … Mann.

Rebecca fühlte sich ihm hilflos ausgeliefert. Sie war machtlos dagegen, ebenso machtlos wie gegen das Zittern oder die Hitzewellen oder dieses plötzlich und vollkommen unerwartet in ihr aufsteigende

Verlangen. Am liebsten wäre sie mit ihm verschmolzen, und sie wünschte sich plötzlich zu ihrem Entsetzen, der Kuss würde nie mehr aufhören.

Seine erste Reaktion war Triumph. Sie war ihm gegenüber gleichgültig? Einen Teufel war sie! Sie erschauerte. Sie stöhnte leise. Sie sank in seine Arme. Die Frau, die er heute Morgen geküsst hatte, war kühl gewesen. Diese hier war …

Wunderbar warm. Am liebsten hätte er diesen Mund bis in alle Ewigkeit geküsst, er war so weich, so seidig. Seine Lippen glitten tiefer, während er erregt ihrem Stöhnen lauschte.

Ihr stockte der Atem, als er die Hände unter ihren Pulli schob und ihre kleinen festen Brüste zu streicheln begann.

Er ließ überraschend von ihr ab, wich einen Schritt zurück und betrachtete ihr Gesicht. Ihre Wangen waren gerötet, die Augen noch immer geschlossen, und ihr Atem kam stoßweise.

So würde sie auf dem Fußboden auch aussehen, dachte er und sah sich im Geiste über ihr liegen. Dann öffnete sie die Augen, und er begegnete ihrem fast ängstlichen Blick.

„Nun", sagte er in einem leichten, spöttischen Tonfall, der eher verteidigend klang als triumphierend, „ich würde sagen, diesmal haben wir ein etwas anderes Ergebnis." Sie brachte kein Wort heraus. Es gelang ihr lediglich, den Kopf zu schütteln. „Keine Theorie diesmal, Doc?" Er wusste nicht, warum er plötzlich wütend war, aber er fühlte, wie unaufhaltsam Zorn in ihm hochstieg, während sie vollkommen hilflos vor ihm stand. „Vielleicht sollten wir es noch mal versuchen."

„Nein." Endlich war es heraus. Plötzlich war es ihr vorgekommen, als hinge ihr Leben von dieser einzigen Silbe ab. „Nein", wiederholte sie. „Ich denke, du hast bewiesen, was du beweisen wolltest."

Er wusste zwar nicht, was er hatte beweisen wollen, er wusste nur, dass es noch längst nicht genug war. Er begehrte sie mit einer Heftigkeit, die schmerzte.

„Du … Lass mich vorbei", stieß sie hervor.

„Erst wenn ich fertig bin. Ich warte noch immer auf deine Hypothese – oder ist es jetzt eine Schlussfolgerung? Ich bin neugierig, Rebecca. Wie wirst du das nächste Mal reagieren, wenn ich dich küsse? Und wie erst, wenn ich mit dir ins Bett gehe?"

Sie wusste es nicht. Glücklicherweise blieb ihr eine Antwort erspart, weil in diesem Moment Rafe in die Küche kam.

Als Rafe klar wurde, in welche Situation er da hineingestolpert war, blieb er abrupt stehen und warf seinem Bruder einen finsteren Blick zu. „Um Himmels willen, Shane."

„Verschwinde."

„Verdammt noch mal, das ist schließlich mein Haus hier."

„Dann gehen wir eben." Shane ergriff Rebecca am Arm und zog sie zwei Schritte mit sich, bevor die Panik ihr genügend Kraft gab, sich von ihm loszureißen.

„Nein." Das war alles, was sie sagte, als sie sich umdrehte und aus der Küche ging.

„Was, zum Teufel, ist denn in dich gefahren?", fragte Rafe empört. „Sie war weiß wie ein Bettlaken. Seit wann findest du Spaß daran, Frauen Angst einzujagen?"

„Ich habe ihr keine Angst eingejagt." Aber gleich darauf wurde ihm klar, dass er es doch getan hatte. Und dass er es gewusst hatte, doch es war ihm einen Augenblick lang egal gewesen. Mehr noch, der Gedanke, dass er sie ängstigen konnte, hatte ihn erregt. Das war neu für ihn. Und beschämend. „Ich wollte es nicht. Die Dinge sind mir entglitten." Frustriert fuhr er sich durchs Haar.

„Von Dingen, die du nicht im Griff hast, solltest du vielleicht lieber die Finger lassen."

„Das scheint mir auch so."

Rafe, der Widerspruch erwartet hatte, zog erstaunt die Augenbrauen zusammen. Dann fiel ihm auf, dass Shane ebenso weiß war wie Rebecca. „Bist du okay?"

„Ich weiß nicht." Verblüfft schüttelte Shane den Kopf. „Sie ist die verführerischste Frau, die mir je über den Weg gelaufen ist."

5. KAPITEL

Da sie bei ihrer Arbeit sehr methodisch vorging, dauerte es Stunden, bis Rebecca ihre Ausrüstung aufgebaut hatte. Sie hatte sich Sensoren, Kameras, ein Aufnahmegerät und ihren Computer nachschicken lassen. Cassie war so freundlich gewesen, ihr für ein paar Tage eine Suite zur Verfügung zu stellen, und sie war ihr dankbar dafür.

Das Zimmer, in dem sie ihr Quartier aufgeschlagen hatte, war einst das Schlafzimmer von Charles Barlow gewesen. Vom Fenster aus konnte man auf das Städtchen hinabsehen. Wie oft mochte wohl der Hausherr hier gestanden haben? Nach allem, was sie über Charles Barlow gelesen hatte, war er ein Mensch, der es als sein gutes Recht, wenn nicht sogar als seine Pflicht angesehen hatte, auf alles und jeden hinabzusehen.

Sie wünschte sich, seine Anwesenheit spüren zu können, seine Macht, ja selbst seine Grausamkeit. Doch alles, was sie sah, waren ein geschmackvoll eingerichtetes kleines Wohnzimmer, ein Schlafzimmer und ein Bad. Räume, voll gestellt mit den technischen Ausrüstungsgegenständen, die sie mitgebracht hatte.

Es war frustrierend. Sie war sich sicher, dass alle MacKades hier in diesem Haus schon Dinge gespürt, gehört und gesehen hatten, die nicht von dieser Welt waren. Warum gelang es ihr nicht?

Sie setzte all ihre Hoffnungen in die Wissenschaft. Wie sie es schon immer gemacht hatte. Sie hatte sich die beste Ausrüstung beschafft, die es gab, und dabei keinerlei Kosten gescheut. Andere Frauen kauften sich Schuhe oder Schmuck. Sie kaufte sich Geräte für ihre wissenschaftlichen Untersuchungen.

Rebecca setzte sich an den Tisch und schaltete den Computer ein.

„Ich habe mich jetzt im MacKade-Inn in Charles Barlows Zimmer häuslich eingerichtet. Außer mir wohnen hier noch andere Gäste, und ich bin schon sehr gespannt, ob und welche Erfahrungen sie hier gemacht haben. Im Moment ist alles ruhig. Man hat mir erzählt, dass man nachts oft Türenschlagen hören kann oder Weinen, gelegentlich sogar einen Schuss. Manche dieser Phänomene ereignen sich nicht nur nachts, sondern auch tagsüber.

Regan hat es ebenso erlebt wie Rafe. Angeblich soll man auch Rosenduft riechen können, darüber sind sich alle, mit denen ich gesprochen habe, einig. Savannah MacKade hat mir erzählt, dass sie oft das

Gefühl hat, hier im Haus sei jemand, auch wenn sie ihn nicht sehen kann. Und genauso geht es ihr in den Wäldern, die hinter dem Haus liegen. Jared hat ähnliche Erfahrungen gemacht. Ich finde es faszinierend, dass sich hier zwei Menschen gefunden haben, die beide in der Lage sind, übersinnliche Dinge wahrzunehmen.

Cassie und Devin MacKade sind ein weiteres Beispiel. Sie haben beide ihr Leben lang in demselben kleinen Städtchen gelebt. Cassie war zuerst mit einem anderen Mann verheiratet, von dem sie zwei Kinder hat. Nach allem, was ich gehört habe, muss diese erste Ehe ein Martyrium gewesen sein. Doch dann haben sie und Devin sich gefunden, und es scheint, als wären sie schon immer zusammen gewesen. Sie waren von Anfang an füreinander bestimmt und haben sich schließlich, allen Widerständen zum Trotz, gefunden. Sowohl Cassie als auch Devin haben hier im Inn starke übersinnliche Erlebnisse gehabt, wie sie mir berichteten. Ich werde mich noch näher dazu äußern.

Shane MacKade ist der Einzige, der in dieser Hinsicht nichts zu erzählen hat – oder besser gesagt habe ich den Eindruck, dass er es nicht will. Obwohl ich es nicht gewohnt bin, meinem Gefühl mehr zu vertrauen als Tatsachen, würde ich behaupten, dass er mit dem, was er erfahren hat und fühlt, hinter dem Berg hält. Was im Grunde seiner Persönlichkeit widerspricht, denn ich glaube nicht, dass er normalerweise ein Mensch ist, der seine Gefühle zurückhält.

Um ganz ehrlich zu sein, muss ich zugeben, dass ich ihn sehr mag. Seinen Humor, die Anhänglichkeit an seine Familie, seine Liebe zu seinem Land. Oberflächlich betrachtet scheint er ein sehr unkomplizierter Mensch zu sein, aber falls ich meinen Gefühlen trauen kann – unter seiner scheinbar unkomplizierten Oberfläche brodelt es. Er wäre bestimmt ein interessantes Studienobjekt. Wie auch immer …“

„Hier kommt die Lady nie rein.“

Rebecca schaute auf und sah Emma an der Tür stehen. „Na, du? Ist die Schule schon aus?“

„Hm. Ich soll dir von Mom ausrichten, dass sie Kaffee hat und Plätzchen, wenn du möchtest.“ Ohne Scheu trat Emma näher und schaute sich mit großen Augen um. „Du hast aber ’ne Menge Kram hier rumstehen. Was willst du damit tun?“

„Ja, das stimmt. Man könnte es wohl als mein Spielzeug bezeichnen. Wer ist denn die Lady?“

„Die Frau, die hier gelebt hat und die genauso weint, wie Mama früher immer geweint hat. Hast du sie nicht gehört?"

„Nein. Wann?"

Emma lächelte. „Gerade eben. Während du getippt hast. Aber sie kommt nie hier rein."

Rebecca rieselte ein Schauer den Rücken hinunter. „Du hast sie gehört, gerade eben?"

„Sie weint viel." Emma trat vor den Bildschirm und las feierlich ein paar Sätze vor. „Manchmal gehe ich in ihr Zimmer, und dann hört sie auf zu weinen. Mom sagt, sie freut sich, wenn jemand kommt und ihr Gesellschaft leistet."

„Ich verstehe. Und wenn du sie weinen hörst, wie fühlst du dich dann?"

„Früher hat es mich sehr traurig gemacht. Doch jetzt weiß ich schon, dass man sich nach dem Weinen oft besser fühlt."

Rebecca lächelte. „Das stimmt."

„Willst du Fotos machen von der Lady?"

„Ich hoffe es. Hast du sie schon mal gesehen?"

„Nein, aber ich glaube, sie ist sehr schön, weil sie so gut riecht." Emma lächelte. „Du riechst auch gut."

„Danke. Lebst du denn gern hier in diesem Haus, Emma? Ich meine mit der Lady und allem?"

Emma nickte eifrig. „Oh ja, sehr gern sogar. Aber wir bauen uns jetzt unser eigenes Haus, gleich neben der Farm, und dann sind wir alle eine große Familie. Mom wird weiter hier arbeiten, und dann kann ich auch immer kommen und die Lady besuchen. Schreibst du eine Geschichte? Connor schreibt auch Geschichten."

„Nein, nicht direkt. Es ist wohl mehr ein Tagebuch. Ich schreibe einfach Dinge auf, die ich beobachtet habe oder die man mir erzählt hat, damit ich mich später wieder daran erinnere. Aber ich habe vor, ein Buch über Antietam zu schreiben."

„Komm ich da auch drin vor?"

„Oh, auf jeden Fall." Sie strich Emma sanft über die blonden Locken. Es war schön zu entdecken, dass sie Kinder sehr mochte. Und die sie offensichtlich auch. „Ich hoffe, dass du mir noch ein bisschen mehr von der Lady erzählst."

„Ich heiße jetzt Emma MacKade. Der Richter hat gesagt, dass das in Ordnung geht. Deshalb musst du mich in dem Buch auch Emma MacKade nennen."

„Aber natürlich."

Rebecca schaltete den Computer aus. „Komm, lass uns nach unten gehen. Ich habe auch Lust auf ein paar Plätzchen."

Eigentlich hatte Rebecca nicht beabsichtigt, den Weg zur Farm einzuschlagen. Sie wollte nur einen kleinen Waldspaziergang machen – zumindest redete sie sich das ein. Um ein bisschen Luft zu schnappen, einen klaren Kopf zu bekommen, sich die Beine zu vertreten. Doch dann hatte sie den Wald auch schon durchquert und wanderte über die Felder, noch ehe es ihr richtig zu Bewusstsein gekommen war.

Rebecca hätte nicht sagen können, warum sie lächelte, als sie das Haus sah. Sie hoffte, dass Shane nicht da sein würde. Vielleicht vergnügte er sich ja irgendwo in der Stadt mit einem Mädchen, denn sicher hatte er, da für ihn jeder Tag sehr früh anfing, bereits Feierabend gemacht.

Ein Teil der Wiese, über die sie ging, war bereits gemäht, aber sie sah nirgendwo einen Traktor. Eigentlich schade, sie hätte Shane MacKade gerne einmal auf einer dieser gewaltigen Maschinen sitzen sehen.

Doch es waren wirklich die Einsamkeit und die Stille, die sie suchte, ehe sie sich für den Rest der Nacht wieder an ihre Arbeit setzen würde. Deshalb machte sie jetzt lieber doch einen weiten Bogen um das Haus.

Sie liebte den Duft, der in der Luft lag. Er kam

ihr seltsam bekannt vor. Irgendeine weit zurückliegende, frühkindliche Erinnerung, vermutete sie. Vielleicht sogar aus einem früheren Leben. Bald würde sie so weit sein, ihre Theorie über Wiedergeburt zu Papier zu bringen. Ein faszinierendes Thema.

Weil sie die Geschichte von den beiden Soldaten genau kannte, ging sie jetzt zu den Nebengebäuden hinüber und hielt nach dem Räucherhaus Ausschau. Sie wusste zwar nicht, wie es aussah, aber Regan hatte ihr erzählt, dass es noch stand. Sie war sehr gespannt darauf, es zu sehen.

Die Wildblumen, die zwischen dem saftig grünen Gras leuchteten, entzückten sie. Sie bückte sich und begann einen Blumenstrauß zu pflücken. Wann hatte sie sich jemals die Zeit genommen, über eine Wiese zu wandern? Niemals. Nun, dafür würde sie es jetzt umso mehr genießen. Die hohen Gräser und bunten Blüten wiegten sich im Sommerwind, fast schien es ihr, als würden sie tanzen.

Plötzlich verspürte sie ein Brennen in der Kehle, und ihr Herzschlag verlangsamte sich. Einen kurzen Augenblick lang empfand sie ein so beängstigendes Gefühl von Trauer und Einsamkeit, dass ihr die Beine fast den Dienst versagten. Sie umklammerte den Blumenstrauß, den sie gepflückt hatte, fester.

Mit bleischweren Gliedern bewegte sie sich durch das hohe Gras, das ihr fast bis an die Oberschenkel reichte. Kummer und Schmerz überkamen sie. Sie blieb stehen und beobachtete einen gelben Schmetterling, der sich gerade auf einer Kornblume niederließ. Eine Lerche sang ihr Lied. Die Strahlen der Sonne erwärmten ihre Haut, aber innerlich war ihr eiskalt.

Was hätten wir anderes tun sollen?, fragte eine Stimme in ihr, und sie verspürte eine tiefe Trauer, die nicht ihre eigene war und doch verblüffend real.

Sie öffnete ihre Hand und ließ die Blumen neben ihre Füße ins Gras fallen. Tränen schossen ihr in die Augen, und sie begann zu zittern. So vorsichtig wie ein Soldat im Minenfeld zog sie sich zurück.

Was hätte wer tun sollen?, fragte sie sich verstört. Woher war die Frage gekommen, und was hatte sie zu bedeuten? Dann wandte sie sich um, holte tief Atem und ließ die Wiese hinter sich.

Einen Moment später waren diese seltsamen Gefühle, die sie eben noch empfunden hatte, verblasst. So verblasst, dass sie sich schon zu fragen begann, ob sie geträumt hatte.

Rebecca schob die Hände in ihre Taschen und ging an dem Weg vorbei, der zum Inn zurückführte. Sie hatte ihren Spaziergang noch nicht beendet, und wenn sie noch mehr Blumen pflücken wollte, würde sie auch das tun. Beim nächsten Mal würde sie ihre Schuhe ausziehen und barfuß über die Wiese laufen.

Plötzlich sah sie die Kühe, die sich unter einem Dach drängten, das an den Milchschober angrenzte. Gehören Kühe nicht auf die Wiese?, fragte sie sich erstaunt.

Neugierig trat sie näher, achtete jedoch sorgfältig darauf, den nötigen Abstand zu wahren, da sie sich nicht sicher war, ob ihr die Kühe tatsächlich so freundlich gesinnt waren, wie es auf den ersten Blick den Anschein hatte. Doch da sie sich nicht im Mindesten für sie zu interessieren schienen, wagte sie sich noch etwas näher heran. Da hörte sie ihn singen.

Was für eine schöne Stimme er hatte.

Rebecca zögerte nur einen kurzen Moment, dann ging sie entschlossen auf die Stalltür zu.

Wie auch immer sie sich einen modernen Stall vorgestellt haben mochte, so jedenfalls nicht. Die dicken, metallisch glänzenden Rohre und das gleichmäßige Brummen einer Maschine erinnerten viel eher an eine Fabrik. Mindestens ein Dutzend Kühe stand in den Boxen. Sie rauften große Heubüschel aus ihren Futterkrippen, um sie anschließend genüsslich zu verspeisen.

Und Shane ging singend und pfeifend zwischen ihnen hin und her und überprüfte, wie weit der elektrische Melkvorgang vorangeschritten war. „Okay, Mädel, das war's."

Fasziniert kam Rebecca näher. „Wie funktioniert das denn?"

Er stieß einen Fluch aus und wirbelte herum, wobei er der Kuh aus Versehen den Ellbogen so hart in die Flanke rammte, dass diese empört aufmuhte. Der Blick, mit dem er Rebecca bedachte, war kein freundlicher Willkommensgruß.

„Entschuldige. Ich wollte mich nicht anschleichen. Es ist so laut hier." Sie lächelte und zwang sich, nicht zurückzuweichen. „Ich habe einen Spaziergang gemacht, und dann sah ich die Kühe draußen vor dem Stall und habe mich gefragt, was hier los ist, weil ich sie eigentlich auf der Weide vermutete."

„Dasselbe wie jeden Tag morgens und abends." Mittlerweile hatte er sich wieder gefangen. Er hatte ihr eigentlich die nächsten paar Tage aus dem Weg gehen wollen, aber jetzt war sie hier und bildhübsch anzusehen.

„Aber wie schaffst du das denn alles allein? Es sind doch so viele Kühe."

„Ich mache es nicht immer allein. Und im Übrigen geht ja alles automatisch oder zumindest doch das meiste.“ Er nahm die Pumpe von einem Euter.

„Wo läuft die Milch denn jetzt hin?“, erkundigte sich Rebecca interessiert. „Durch diese Rohre, nehme ich an.“

„Ganz recht.“ Er unterdrückte einen Seufzer. Hoffentlich erwartete sie jetzt nicht, dass er ihr eine Lehrstunde im Melken erteilte. Dazu hatte er nämlich nicht die geringste Lust. Viel lieber hätte er sie geküsst, und zwar auf der Stelle.

„Von der Kuh in die Leitung und von der Leitung in die Tanks im Milchhaus“, erklärte er lahm und machte eine vage Handbewegung. „Dort wird die Milch kühl aufbewahrt, bis ein Tanklastwagen kommt und sie abholt. Ich muss aber diese Mädels hier jetzt in den Faulenzerstall bringen.“

„Faulenzerstall?“

Jetzt lächelte er. „Dort faulenzen sie vorher und nachher.“

Als er die Kühe an ihr vorbei hinausführte, trat Rebecca einen Schritt zurück, vielleicht einen etwas größeren, als nötig gewesen wäre. Sie fragte sich, wie er es schaffte, sie so in Reih und Glied zu halten. Nachdem er sie an Ort und Stelle gebracht hatte, kam er mit den Kühen, die draußen gestanden hatten, zurück.

„Ich wusste gar nicht, dass Kühe fressen, während sie gemolken werden."

„Das Futter ist die Belohnung."

Er schenkte ihr wenig Aufmerksamkeit, während er die Tiere in die Boxen führte und die Pumpen an die Euter anschloss. „Mit der Melkmaschine melkt man natürlich wesentlich mehr Kühe in derselben Zeit als per Hand."

„Und es ist bestimmt keimfreier."

„Stimmt. Wenn man Milch Klasse A produzieren will, muss man sich schon an gewisse Standards halten."

„Wie wird die Milch denn klassifiziert?", fragte sie neugierig, nahm sich jedoch gleich zurück. „Entschuldige. Zu viele Fragen. Ich störe."

„Richtig." Doch als die Maschinen die Arbeit übernommen hatten, kam er zu ihr. „Was willst du hier, Rebecca?"

„Das habe ich doch schon gesagt. Ich war einfach spazieren."

Er zog die Brauen hoch und hakte die Daumen in seine Taschen. „Und dann hast du beschlossen, den Kühen einen Besuch abzustatten?"

„Ich hatte keinen Plan."

„Das ist für deine Verhältnisse ungewöhnlich."

„Stimmt.“ Natürlich war die Farm ihr Ziel gewesen, was auch immer sie sich zu Beginn ihres Spaziergangs eingeredet haben mochte. „Vermutlich hatte ich das Gefühl, dass es bei uns einen gewissen Klärungsbedarf gibt. Ich möchte nicht, dass die Dinge zwischen uns so kompliziert sind, weil ich viel mit deiner Familie zu tun habe, während ich hier bin.“

Er war sich nicht ganz sicher, welche der beiden Rebeccas, die er mittlerweile kennen gelernt hatte, er im Moment vor sich hatte. „Ich habe dich bedrängt“, stellte er trocken fest. „Willst du, dass ich mich entschuldige?“

„Das ist nicht nötig.“

„Soll ich es vielleicht noch einmal machen? Ich habe große Lust, dich jetzt auf der Stelle zu küssen.“

„Ich bin mir sicher, dass du Lust hast, jede Frau jederzeit zu küssen.“

„Stimmt. Aber du bist gerade da.“

„Ich werde es dich wissen lassen, ob und wann ich von dir geküsst werden will.“ Um ihm zu verdeutlichen, dass im Moment ganz sicher nicht der richtige Zeitpunkt dafür war, wandte sie sich ab und begann auf und ab zu gehen. „Mein Problem ist, dass, solange diese …“

„Anziehungskraft?“, schlug er vor. „Lust?“

„Spannung“, sagte sie. „Solange diese Spannung zwischen uns herrscht, fällt es mir sehr schwer zu arbeiten. Aber ich will arbeiten, kann es jedoch nicht, solange ich mich durch unerwünschte Annäherungsversuche abgelenkt fühle.“

„Unerwünschte Annäherungsversuche.“ Statt verärgert zu sein, musste er an sich halten, um nicht laut herauszulachen. „Verdammt noch mal, Rebecca, ich finde es einfach zu herrlich, wie hochgestochen du dich manchmal ausdrückst. Sag doch bitte noch so etwas.“

„Ich bin überzeugt davon, dass du eher daran gewöhnt bist, dass die Frauen vor dir auf den Knien herumrutschen“, gab sie kühl zurück. „Oder dir Pfirsichkuchen vorbeibringen. Ich will einfach nur sicherstellen, dass du weißt, was nein bedeutet.“

Seine Belustigung ließ merklich nach. „Du hast also gestern Abend nein gesagt?“

„Der Punkt ist doch …“

„Ich hätte dich nehmen können, direkt auf dem Fußboden in der Küche meines Bruders, das weißt du ebenso gut wie ich.“

„Du überschätzt dich, Farmboy.“

„Pass auf, was du sagst, Becky“, gab er sanft zurück. „Vielleicht solltest du lieber bei der Wahrheit bleiben. Und die ist nun mal leider, dass du genauso interessiert bist an mir wie ich an dir. Vielleicht hat dich das zu Anfang überrascht, mag sein. Mir ist es ja auch nicht anders gegangen, aber jedenfalls sind das die Tatsachen, mit denen wir uns abfinden müssen."

„Ich gebe zu, dass ich einen kurzen Moment interessiert war."

„Das Wort ‚interessiert' trifft es wohl nicht ganz."

„Sag mir nicht, was ich gefühlt habe oder was ich fühle. Und bilde dir bloß nicht ein, dass ich für die nächste Kerbe an deinem Bettpfosten herhalte."

„Fein." Um anzudeuten, dass er das Thema als beendet betrachtete, wandte er sich wieder den Kühen zu. „Nein ist kein Wort, mit dem ich irgendwelche Schwierigkeiten hätte. Wenn du es wirklich sagst, verstehe ich es auch."

Langsam wurde sie wieder ruhiger. „Na gut, dann könnten wir vielleicht ja ..."

„Aber du solltest aufpassen, Rebecca. Weil ich nämlich ebenso wenig Schwierigkeiten habe zu merken, wenn mich jemand herausfordert. Willst du noch immer Geisterjagd spielen in meinem Haus, oder ist dir das Risiko mittlerweile zu groß geworden?", fragte er herausfordernd.

„Ich lasse mich nicht von dir abschrecken."

Er lächelte. „Es sieht ganz danach aus. Was hältst du davon, wenn du kurz mit hineinkommst und uns einen Kaffee machst? Dabei könnten wir uns noch ein bisschen unterhalten."

„Ich denke, wir haben uns so weit geeinigt. Und Kaffee mache ich schon gar nicht." Damit drehte sie sich um und ging aus dem Stall.

„Willst du mir nicht wenigstens einen Abschiedskuss geben, Schätzchen?", rief er ihr nach.

Sie warf einen Blick über die Schulter. „Küss eine Kuh, Farmboy."

Er konnte nicht widerstehen. Mit drei langen Schritten war er bei ihr, hob sie hoch und wirbelte sie lachend herum. „Du bist das verdammt süßeste Ding, das mir jemals über den Weg gelaufen ist."

Im ersten Augenblick stockte ihr der Atem, dann wurde ihr schwindlig. Einen Moment lang konnte sie nur daran denken, dass seine Muskeln hart waren wie Stahl und dass sie sich absolut wundervoll anfühlten. „Ich dachte, du verstehst nein."

„Ich küsse dich nicht, oder?" Shane lachte. „Es sei denn, du möchtest es gern. Ich wollte dich nur noch eine Sekunde aufhalten."

„Lass mich runter."

„Warum bleibst du nicht einfach hier?“, schlug er grinsend vor. „Ich koche dir was Schönes.“

„Nein“, gab sie entschieden zurück. „Nein, nein, nein.“

„Du brauchst es nur einmal zu sagen. Warum zitterst du denn?“, fragte er scheinheilig.

„Ich bin wütend.“

„Bist du nicht.“ Neugierig geworden, sah er sie an. „Ist dir jemand zu nahe getreten?“, fragte er sanft.

„Nein, natürlich nicht. Ich habe gesagt, du sollst mich runterlassen.“

„Ich bin schon dabei. Wenn ich tun würde, wonach mir der Sinn steht, und dich ins Haus tragen würde, müsste ich meine Kühe vernachlässigen und mein Wort brechen. Ich will weder das eine noch das andere. Und ich halte mein Wort immer.“

Also stellte er sie wieder auf die Füße, legte dann die Hände jedoch auf ihre Schultern. „Es kommt mir wirklich irgendwie so vor, als hätten wir noch was zu erledigen.“

„Falls das so wäre, würde ich es ganz gern selbst entscheiden“, entgegnete sie kühl.

Er strich ihr sanft über das kurze Haar. „Mir kommt es so vor, als hätte ich mich schon entschieden. Ich will dich wirklich.“ Sein verträumter Blick ließ sie nicht los. „Ich will mit dir ins Bett gehen und dich lieben, Rebecca, das ist inzwischen mein allergrößter Wunsch. Und dieser Wunsch wird immer stärker."

Es kostete sie all ihre Kraft, sachlich zu bleiben, während seine Finger auf ihren Schultern kleine Kreise beschrieben. „Ich bin mir sicher, dass sich die Dinge als wesentlich weniger … kompliziert erweisen würden, wenn wir es schafften, ganz einfach zur Tagesordnung zurückzukehren."

„Weniger kompliziert", wiederholte er frech grinsend. „Und weniger amüsant."

Amüsant, dachte sie und spürte eine leise Sehnsucht in sich aufsteigen. Sie entspannte sich merklich, und er sah sie lächeln. Ihre Augen waren plötzlich wie tiefe, unergründliche Seen.

Heißes Verlangen stieg in ihm auf, als er sie jetzt behutsam an sich zog. „Rebecca, du Schöne", flüsterte er rau. „Lass mich dir zeigen, dass …"

Ein lautes Hupen unterbrach ihn. Sie versteifte sich und trat einen Schritt zurück. Dann drehten sie sich beide um und sahen den staubigen Kombi vor dem Wohnhaus vorfahren. Eine brünette junge Frau mit einem sinnlichen Mund streckte den Kopf zum Wagenfenster heraus.

„Shane, mein Süßer, ich hab dir doch gesagt, dass ich heute bei dir vorbeikomme."

Er winkte ihr kurz zu. „Äh … das ist Darla. Eine Freundin von mir."

„Das habe ich mir fast gedacht. Lass dich von mir bloß nicht aufhalten, Shane, mein Süßer", sagte Rebecca ironisch. „Ich bin sicher, dass du heute noch sehr viel vorhast."

„Schau, verdammt noch mal …"

Darla rief ihm wieder etwas zu, einen leicht ungeduldigen Unterton in der rauchigen Stimme, dann machte sie Anstalten auszusteigen.

„Hör zu, ich …"

„Ich habe weder Zeit zuzuschauen noch zuzuhören", unterbrach Rebecca ihn voller Angst, sich vor der Frau eine Blöße zu geben, die nun auf hohen, dünnen Absätzen vorsichtig durch das Gras balancierend auf sie zugestöckelt kam. „Ich muss arbeiten. Ich wünsche dir und Darla noch einen netten Abend."

Damit stürzte sie Hals über Kopf davon und ließ Shane, hin- und hergerissen zwischen Wunsch und Wirklichkeit, zurück.

6. *KAPITEL*

Rebecca saß in ihre Arbeit vertieft vor dem Computer und versuchte sich in das Leben der Barlows hineinzuversetzen – in die unglückliche Abigail, den grausamen Charles, die Kinder, die in zartem Alter die Mutter auf so tragische Weise verloren hatten. Dank Cassie hatte sich ihre Geschichte nun noch um eine zusätzliche Figur erweitert. Es handelte sich um den Mann, den Abigail geliebt und den sie weggeschickt hatte. Rebecca vermutete, dass er in Antietam während des Bürgerkriegs eine Autoritätsperson gewesen war. Vielleicht der Sheriff. Sie hätte schon blind sein müssen, um die Parallelen, die sich damit zur Gegenwart auftaten, zu übersehen. Möglicherweise waren sie tatsächlich mehr als ein Zufall. Auf jeden Fall war sie entschlossen, den Dingen sorgfältig auf den Grund zu gehen.

Sie war so beschäftigt, dass es mehrere Minuten dauerte, ehe ihr schließlich auffiel, dass ihr Computer, an den sie auch die Sensoren angeschlossen hatte, laut brummte. Erschrocken zuckte sie zurück und starrte auf den Monitor.

Was war das denn? Sie sprang auf. Plötzlich überlief sie ein eisiger Schauder. Sie warf einen Blick auf das hochsensible Temperaturmessgerät und sah voller Bestürzung, dass die Quecksilbersäule rapide sank. Rebecca legte wärmend die Arme um sich. Es wurde immer kälter.

Und sie spürte nichts außer dieser Kälte. Nichts. Sie hörte nichts, sie roch nichts.

Die Lady kommt nie hier rein.

Das hatte Emma ihr erzählt. Aber vielleicht kam ja der Hausherr? Es musste Charles sein. Sie hatte so viel über ihn gelesen, und wenn sie an ihn dachte, hielten sich Zorn, Angst und Erwartung die Waage.

Rebecca eilte durchs Zimmer und überprüfte sowohl den Rekorder als auch die Kameras auf ihre Funktionstüchtigkeit. Die Lämpchen, die Aufnahmebereitschaft signalisierten, blinkten, und einen kurzen Moment nahm sie noch etwas anderes wahr.

Einen Augenblick später war alles vorbei, und die Wärme strömte in den Raum zurück.

Halb von Sinnen vor Aufregung über das Erlebnis griff Rebecca sich ihr Diktiergerät.

„Das Geschehen ereignete sich um zwei Uhr acht und fünfzehn Sekunden morgens. Es begann mit einem dramatischen Temperatursturz von zweiundvierzig Grad Fahrenheit, gefolgt von einem leider nicht messbaren Energieschub, dem der umgehende Temperaturanstieg auf normale Zimmertemperatur folgte. Das Geschehen endete um zwei Uhr neun und zwanzig Sekunden morgens. Dauer fünfundsechzig Sekunden."

Sie stand einen Moment mit dem Diktiergerät in der Hand reglos da und versuchte mit aller Kraft, das Geschehen mit Gedanken noch einmal herbeizuzwingen. Sie war überzeugt davon, dass es Charles gewesen war, sie hatte es ganz deutlich gespürt. Ihr Puls spielte noch immer verrückt. Sie überlegte, wie hoch ihr Blutdruck im Moment wohl sein mochte.

„Los, mach schon, du Feigling! Zeig dich. Ich weiß doch genau, dass du da bist. Komm heraus aus deinem Versteck!"

Du steigerst dich zu sehr in die Sache hinein, warnte sie sich. Sie war dabei, ihre Objektivität zu verlieren, und sie wusste, dass ohne Objektivität jede wissenschaftliche Untersuchung zum Scheitern verurteilt war.

Deshalb zwang sie sich jetzt, sich hinzusetzen, den Blick auf ihre Geräte geheftet, die sie für die nächsten dreißig Minuten nicht aus den Augen lassen wollte. Doch nichts geschah. Bevor sie ihren

Computer ausschaltete, machte sie sich gewissenhaft an ihre Aufzeichnungen.

Zu aufgewühlt, um an Schlaf überhaupt nur zu denken, verließ sie ihr Zimmer. Im Flur blieb sie lauschend stehen, doch um sie herum waren nur Dunkelheit und Stille.

Als sie die Treppe nach unten ging, blieb sie auf halber Höhe, da, wo der Soldat erschossen worden war, stehen und dachte an den unglücklichen jungen Mann, der verletzt ins Haus gekommen war, und die entsetzte Abigail, an die verängstigten Sklaven und den kaltblütigen Schurken Charles Barlow.

Doch die Gestalten weigerten sich, zum Leben zu erwachen. Sie waren und blieben nichts als Gedanken.

Sie gab sich in jedem Raum, durch den sie ging, alle erdenkliche Mühe, ihre übersinnlichen Wahrnehmungskräfte herauszufordern, doch ohne Erfolg. Die Erfahrungen, die Cassie, Regan, Rafe und Devin MacKade hier gemacht hatten, blieben ihr verschlossen, sosehr sie sich auch um Zugang bemühte.

Gegen ihre Entmutigung ankämpfend, schlug sie schließlich den Weg zur Küche ein. Ein Erlebnis hatte sie immerhin schon gehabt heute Nacht. Man durfte nicht alles auf einmal erwarten. Geduld war bei der ganzen Sache eine ebenso wichtige Tugend wie Offenheit und Neugier.

Als sie die Küche betrat, wurde sie sogleich fast magisch vom Fenster angezogen. Sie stellte sich davor und ließ den Blick über den Rasen und die dahinterstehenden Bäume schweifen. An den Wald grenzten die Felder der MacKade-Farm, wie sie wusste, und dort stand auch das Haus, in dem Shane jetzt wahrscheinlich schlief.

Der Drang, der sie plötzlich überfiel, war so stark, dass sie erschrak. Der Drang hinauszugehen, über das Gras zu laufen, über die Felder. Es zog sie in dieses Haus, hin zu ihm.

Was für ein verrückter Einfall, versuchte sie sich zur Ordnung zu rufen. Sicher war er nicht allein. Sie stellte sich vor, wie er sich an die schöne Brünette oder eine ähnlich attraktive Frau schmiegte.

Rebecca ging rasch aus der Küche, nach oben in ihr Zimmer und legte sich ins Bett.

Im Nu war sie eingeschlafen und begann sofort zu träumen.

Ein Mann legte die Arme um sie, und sie rollten beide zusammen über eine weiche Matratze. Zärtliche Finger kämmten ihr langes, zerzaustes Haar.

„Nicht so laut, John, du weckst das Baby."

„Du bist es doch, die so viel Lärm macht." Erfahrene Hände glitten unter ihr Baumwollnachthemd. „Du hast wirklich viel zu viel an, Sarah, ich möchte, dass du nackt bist."

„Ich bin doch noch so dick von der Schwangerschaft."

„Du bist überhaupt nicht dick. Du bist perfekt. Und der Kleine ist auch perfekt. Oh Sarah, ich begehre dich, Sarah. Wie sehr ich dich begehre. Ich liebe dich. Komm, lass mich dich lieben."

Und die weiche Matratze wiegte sich im Rhythmus der Liebe ...

Am nächsten Tag war Rebecca völlig ermattet, und das nicht etwa, weil sie zu wenig geschlafen hatte, sondern weil der Traum sie nicht loslassen wollte. Rebecca verbrachte fast den ganzen Nachmittag in ihrem Zimmer und rief sich per Modem Daten über die Einwohnerschaft von Antietam um 1862 ab.

Ihr Drucker spuckte gerade eine lange Liste mit Namen, Geburts- und Sterbedaten aus, als Cassie an die Tür klopfte.

„Entschuldige, dass ich dich störe."

„Du störst nicht." Rebecca warf Cassie über den

Rand ihrer Lesebrille einen freundlichen Blick zu. „Ich versuche gerade, den Namen von Abigails Geliebtem herauszufinden – falls sie einen hatte."

„Oh." Cassie, die ganz offensichtlich aufgeregt war, fuhr sich mit der Hand durchs Haar und blickte neugierig zum Drucker. „Wie machst du das denn?"

„Durch einen einfachen Eliminierungsprozess – Alter, Familienstand und so weiter." Erst jetzt fiel ihr auf, dass sie ihre Lesebrille noch aufhatte. Sie nahm sie ab. „Und du bist dir wirklich sicher, dass er nicht verheiratet war?"

„Absolut. Er kann ganz unmöglich eine Frau gehabt haben."

„Und er war nicht bei der Armee, aber du hast erzählt, dass er irgendeinen Posten bei der Gemeinde an den Nagel gehängt hat, als er die Stadt verließ."

„Irgendwie komisch, dich so reden zu hören", sagte Cassie belustigt. „Du sprichst von ihnen, als ob sie gerade eben erst aus dem Zimmer gegangen wären."

Rebecca lächelte und lehnte sich zurück. „Sind sie das nicht?"

„Nun, ja, vermutlich schon. Irgendwie." Cassie schüttelte den Kopf. „Du musst mich später über die Sache auf dem Laufenden halten. Ich bin zu dir raufgekommen, weil ich dir sagen wollte, dass ich ganz schnell ins Krankenhaus muss."

„Ins Krankenhaus?" Alarmiert sprang Rebecca auf. „Hat eins der Kinder einen Unfall gehabt?"

„Oh nein, nein. Shane …"

„Er hatte einen Unfall." Rebecca wurde blass. „Wo ist er? Was ist passiert?"

„Beruhig dich, Rebecca. Es geht um Savannah. Sie liegt in den Wehen." Neugierig beobachtete Cassie, wie Rebecca auf ihren Stuhl sank. „Ich wollte dich nicht erschrecken."

„Schon gut", sagte Rebecca und seufzte erleichtert. „Man sollte eben nie voreilige Schlüsse ziehen."

„Shane hat mich vorhin angerufen und mir Bescheid gesagt. Ich wollte nur noch rasch einen Babysitter für die Kinder organisieren. Ich werde sie bei Ed im Café absetzen. Du hast Ed noch nicht kennengelernt, sie ist ein wunderbarer Mensch. Ally kann sie allerdings nicht auch noch nehmen, das wird ihr zu viel, weil im Café um diese Zeit Hochbetrieb herrscht. Aber im Krankenhaus haben sie eine Kinderkrippe."

Langsam erholte sich Rebecca von ihrem Schreck.

„Ich möchte nur nicht, dass du dir verlassen vorkommst. In der Küche findest du kalten Braten und Kuchen, wenn du Hunger hast. Ich muss das Auto nehmen, aber wenn du irgendwohin fahren musst, geh rüber zur Farm oder zu Jared und borg dir einen Wagen aus."

„Ich muss nirgends hin." Rebecca lächelte. „Savannah bekommt ihr Baby. Das ist wundervoll. Ist bis jetzt alles in Ordnung?"

„Bestens, zumindest nach dem letzten Stand. Es ist einfach nur so, dass wir alle da sein wollen, wenn das Baby kommt."

„Aber natürlich. Das kann ich gut verstehen. Übermittle den Eltern meine besten Wünsche. Und wenn du möchtest, kann ich gern auf Ally aufpassen, bis du wieder da bist. Es würde mir großen Spaß machen."

„Das ist schrecklich lieb von dir. Aber ich stille noch, und ich weiß nicht, wie lange ich unterwegs sein werde." Cassie nagte an ihrer Unterlippe, während sie die Dinge in ihrem Kopf zu ordnen versuchte. „Wir erwarten heute keine neuen Gäste, und für die, die hier sind, habe ich dir ein paar Sachen aufgeschrieben, die erledigt werden müssen, falls doch etwas …"

„Mach dir keine Gedanken, Cassie, ich kümmere

mich um alles. Ich sehe doch, dass du fast stirbst vor Aufregung."

„Es gibt nichts Wunderbareres als ein Baby."

„Ja, da bin ich mir sicher."

Zwei Stunden später saß Rebecca noch immer vor ihrem Computer, doch bald darauf trieb sie der Hunger nach unten in die Küche.

Die übrigen Gäste hatten den Apfelkuchen, den Cassie hingestellt hatte, fast aufgegessen, aber in der Kaffeemaschine war noch etwas Kaffee, und Rebecca goss sich eine Tasse ein. Sie dachte daran, sich ein Sandwich zu machen, entschied sich dann jedoch für ein Blaubeertörtchen.

Als das Telefon läutete, nahm sie ohne zu überlegen ab. „Hallo … Oh – MacKade Inn."

„Du hast wirklich eine sehr sexy Telefonstimme, Rebecca."

„Shane?"

„Und ein gutes Ohr. Wir dachten, es interessiert dich vielleicht, dass die MacKades Zuwachs bekommen haben."

„Oh, wie schön! Was ist es denn? Ein Mädchen oder ein Junge? Und wie geht es Savannah?"

„Ein Mädchen, und beiden geht es prächtig. Miranda MacKade wiegt acht Pfund und zweihundert Gramm.“

„Miranda.“ Rebecca seufzte. „Was für ein hübscher Name.“

„Cassie ist auf dem Heimweg, aber es wird noch ein bisschen dauern, weil sie erst die beiden Kinder bei Ed abholt. Ich dachte mir, dass du dir vielleicht schon Gedanken machst.“

„Das habe ich natürlich. Vielen Dank für deinen Anruf.“

„Ich habe Lust zu feiern. Möchten Sie mit mir feiern, Dr. Knight?“

„Nun …“

„Nichts Großes. Ich hab nicht mal Zeit, mich vorher umzuziehen. Ich könnte bei dir vorbeikommen und dich abholen. Dich zum Bier einladen.“

„Das klingt fast unwiderstehlich, aber …“

„Gut. In einer halben Stunde bin ich da.“

„Ich habe nicht gesagt …“ Da ertönte schon das Freizeichen.

Sie würde sich nicht zurechtmachen. Aus reiner Eitelkeit hatte Rebecca einen Blick in den Spiegel geworfen und ihr Make-up etwas nachgebessert, doch das war alles, was sie an Aufwand zu investieren bereit war. Die Leggings und der dünne helle Pullover waren bequem und auf jeden Fall gut genug, um auf die Schnelle mit Shane ein Bier zu trinken.

Sie hinterließ Cassie eine Nachricht auf dem Küchentisch und setzte sich auf die Veranda, um auf Shane zu warten. Es war mittlerweile bereits dunkel geworden, und obwohl der Tag heiß und windstill gewesen war, begann es langsam kühl zu werden. Der Herbst kündigte sich an. Ab und zu rumpelte ein Wagen draußen auf der holprigen Straße vorbei, dann wurde es wieder ganz ruhig um sie herum.

Rebecca genoss die Stille. Als sie ihre Reise angetreten hatte, war sie überzeugt gewesen, dass sie den nie abebbenden Großstadtlärm vermissen würde, doch jetzt nahm sie mit Erstaunen zur Kenntnis, dass ihr New York überhaupt nicht fehlte.

Es ging ihr gut. Sehr gut sogar. Sie saß hier auf der Veranda eines schönen alten Hauses und wartete auf einen äußerst attraktiven Mann, der sie zum Bier einladen wollte. Alles in allem nicht das schlechteste Ende eines produktiven Tages.

Als sie einen Wagen mit großen Scheinwerfern näher kommen sah, vermutete sie, dass es sich um Shanes Truck handelte, und stand auf. Sie schulterte ihre Umhängetasche und ging auf die Straße.

Shane öffnete die Beifahrertür und steckte lächelnd den Kopf heraus. „Das lobe ich mir. Eine Frau, die schon sehnsüchtig vor der Tür auf mich wartet.“

„Tut mir leid, dass ich dich enttäuschen muss.“ Sie kletterte in die Fahrerkabine. „Ich wollte nur noch einen Moment den herrlichen Abend genießen. Man riecht schon den Herbst.“

„Du siehst fantastisch aus.“

„Du auch. Wohin fahren wir?“

„Nur runter zu Duff's.“ Shane legte einen Arm über die Rückenlehne und setzte zurück. „Nichts Besonderes, aber dafür fühlt man sich dort fast wie zu Hause.“

Die Kneipe war wirklich nichts Besonderes, wie Rebecca wenig später feststellen konnte. Ein großer, nur spärlich beleuchteter Raum mit einer langen Bar, an der sich lärmend die Cowboys aus der Umgebung drängten, und einem Dutzend Tischen, die ebenfalls bis auf den letzten Platz besetzt waren. Im Hintergrund standen Billardtische, die von Neonlampen beleuchtet wurden, deren Grellheit lediglich durch die Rauchschwaden, die in der Luft hingen, etwas gedämpft wurde. Aus der Musikbox ertönte ein Schmachtfetzen, und die Wanddekoration bestand aus Werbeplakaten für Bier sowie einem seltsam charmant wirkenden Poster, das eine Pokerrunde zeigte, die sich aus Hunden zusammensetzte. Die Luft war zum Schneiden dick.

Rebecca fühlte sich auf Anhieb wohl.

Auf dem Weg zur Bar stellte Shane sie mindestens einem halben Dutzend Leute vor.

„Wie geht's, Duff?"

Der magere Barkeeper antwortete irgendetwas Unverständliches, während er die Kronkorken von zwei Bierflaschen abhebelte.

„Darf ich vorstellen – Rebecca, eine Freundin von Regan aus New York."

„New York ist die Hölle."

„Waren Sie schon mal da?", erkundigte sich Rebecca und lächelte den Barmann höflich an.

„Nicht mal für Geld würde ich da auch nur einen Fuß hinsetzen." Er gab den Flaschen einen kühnen Schubs, sodass sie über die Theke rutschten und genau vor den Gästen, denen sie zugedacht waren, zum Stehen kamen.

„Duff ist eine echte Plaudertasche", bemerkte Shane trocken, während er mit ihr an einen Tisch ging. „Und außerdem der glücklichste Mann in der ganzen Stadt."

„Das scheint mir auch so.“ Sie setzte sich. „Aber ich bin ja vom Fach.“

Lächelnd hob Shane seine Flasche, um mit ihr anzustoßen. „Auf Miranda Catherine MacKade.“

Rebecca hob ihre Bierflasche ebenfalls und trank einen Schluck. „Los, jetzt erzähl mal.“

„Nun, ich war vor der Geburt ein paarmal bei Savannah, und da war sie nicht so besonders gut aufgelegt. Sie sagte, dass sämtliche MacKades hinter Schloss und Riegel gehörten – wegen gewisser Körperteile.“

„Klingt wirklich absolut verständlich, wenn man bedenkt, dass sie in den Wehen lag.“

„Ja. Wenigstens waren Regan und Cassie nicht ganz so hässlich. Savannah ist immer sehr direkt, musst du wissen. Na, wie dem auch sei. Eine Zeit lang jedenfalls hat sie Gift und Galle gespuckt. Doch nachdem alles vorüber war, war sie sanft wie ein Lamm.“

„Und Jared?“

„Wie werdende Väter eben so sind. Erst standen ihm die Haare zu Berge und der Schweiß lief ihm in Strömen von der Stirn, und hinterher war er ganz glücklich. Es ist immer dasselbe, wenn bei uns ein Baby kommt.“

„Bei uns?"

„Na klar, das betrifft doch die ganze Familie. Du hättest auch mitkommen können."

„Ich glaube, Savannah hatte genug Gesellschaft." Sie hob den Kopf. „Wünschst du dir denn auch irgendwann Kinder?"

„Wie? Oh." Er lehnte sich lächelnd zurück. „Meine Brüder geben sich schon genug Mühe, dafür zu sorgen, dass die MacKades nicht aussterben. Es gibt also wenig Grund für mich, mich auch noch fortzupflanzen. Und du? Denkst du daran, irgendwann mal sesshaft zu werden und selbst Kinder zu haben?"

„Nein."

Shane nahm sich eine Erdnuss aus der Plastikschüssel und knackte die Schale auf. „Und was treibst du so, außer Geister zu jagen, wenn du nicht Leute analysierst oder Vorlesungen hältst?", erkundigte er sich und sah Rebecca forschend an.

„Ich lebe in der Hölle, oder hast du das vergessen? Da gibt's immer viel zu tun. Mein Leben ist ausgefüllt."

Er fuhr mit dem Daumen über ihren Handrücken. „Gibt's da irgendjemanden, der dabei hilft, es auszufüllen?"

„Nein. Nicht direkt.“ Sie lächelte und lehnte sich vor. „Wie geht’s Darla?“

Er räusperte sich und versuchte Zeit zu gewinnen, indem er einen Schluck Bier trank. „Gut, soweit ich weiß.“

Er fand es nicht der Rede wert zu erwähnen, dass er die gute alte Darla, kurz nachdem sie aufgetaucht war, freundlich wieder hinauskomplimentiert hatte – trotz ihres großzügigen Angebots, Essen zu kochen und ihm auch sonst zu Willen zu sein. „Hast du schon Fortschritte erzielt bei der Geisterjagd?“

„Das ist aber kein besonders eleganter Themenwechsel.“

„Ich habe auch nicht versucht, elegant zu sein.“ Er legte seine Hand auf ihre und verschränkte seine Finger mit ihren, bevor sie reagieren konnte. „Also, hast du die Gespenster schon mal gehört oder sogar gesehen?“

„Du wirst es kaum für möglich halten, aber das habe ich tatsächlich.“ Es bereitete ihr Vergnügen zu sehen, wie das Lächeln aus seinen Augen verschwand.

„Unsinn.“

„Nein, wirklich. Ich habe alles genau aufgezeichnet. Ein Temperatursturz von zweiundvierzig Grad Fahrenheit in weniger als zwei Minuten."

Er trank noch einen Schluck aus seiner Flasche. „Du solltest deine Geräte überholen lassen."

Seine Reaktion amüsierte und interessierte sie zugleich. „Wogegen wehrst du dich? Fühlst du dich bedroht?"

„Warum sollte ich mich von etwas bedroht fühlen, das gar nicht existiert?"

„Warum wehrst du dich dann?"

„Weil ..." Er unterbrach sich und kniff die Augen zusammen. „Analysierst du so deine Patienten?"

„Fühlst du dich wie ein Patient?"

„Lass den Unsinn."

„Entschuldige." Sie warf den Kopf in den Nacken und lachte. „Ich konnte einfach nicht widerstehen. Ich führe normalerweise keine Einzeltherapien durch, aber du bist wirklich ein gefundenes Fressen. Hast du nicht Lust auf ein bisschen freie Assoziation?"

„Nein."

„Du hast doch nicht etwa Angst, oder? Es ist ganz einfach. Ich sage ein Wort, und du antwortest mit der ersten Sache, die dir dazu einfällt."

„Glaubst du wirklich ernsthaft, ich hätte vor solchen dummen Gesellschaftsspielchen Angst? Na los, von mir aus machen wir dein Spielchen. Fang an."

„Zuhause."

„Familie."

Sie musste lächeln. „Vogel."

„Federn."

„Auto."

„Truck."

„Stadt."

„Lärm."

„Land."

„Boden."

„Sex."

„Frauen." Jetzt hob er ihre ineinanderverschlungenen Hände an den Mund und streifte mit den Lippen leicht ihre Finger. „Rebecca."

Sie bemühte sich, darüber hinwegzusehen, dass sich ihr Pulsschlag beschleunigte. „Du sollst nur das sagen, was dir als Erstes in den Kopf kommt. Ich würde behaupten, du bist ein sehr bodenständiger Mann, der mit sich selbst im Reinen ist. Aber diese Analyse ist wirklich nur sehr grob über den Daumen gepeilt. Man darf daraus keine voreiligen Schlüsse ziehen."

„Kann ich es bei dir auch mal versuchen?"

„Nach dem Examen, Farmboy.“ Seine Lippen berührten noch immer ihre Finger. Unauffällig rückte sie jetzt mit ihrem Stuhl näher und beugte sich zu ihm hinüber. „Hast du wirklich geglaubt, du könntest mich bei ein paar Bieren in deiner Stammkneipe verführen?“

„Es ist immerhin einen Versuch wert.“ Seine Lippen streiften ihr Handgelenk. „Ihr Puls rast, Dr. Knight.“

„Eine ganz normale Reaktion auf einen Stimulus. Nichts Persönliches.“

„Wir könnten etwas Persönliches daraus entstehen lassen.“ Er schaute über die Schulter zu den Billardtischen hinüber. Ein Tisch war frei. „Was hältst du von einer Wette?“

„Kommt ganz darauf an, um was es dabei geht.“

„Wir spielen eine Runde Billard, und wer gewinnt, darf sich was wünschen.“

Sie zog die Brauen zusammen. „Billard? Ich kenne ja noch nicht einmal die Spielregeln.“

Umso besser, dachte er. „Ich erkläre sie dir.“

„Okay. Und was wünschst du dir?“

„Wenn ich gewinne, setzen wir uns gleich in meinen Truck und schmusen ein bisschen. Ich hab wirklich große Lust dazu.“

Sie holte tief Atem und versuchte die Fassung zu wahren. „Und wenn ich gewinne, möchte ich, dass du mich nicht behinderst, wenn ich mit meinen Geräten auf die Farm komme, sondern mir bei meiner Arbeit hilfst."

„Aber sicher." Nun stand er auf und führte sie mit dem selbstzufriedenen Gesichtsausdruck eines Berufsspielers an den Billardtisch. „Weil du Anfängerin bist, gebe ich dir natürlich fairerweise einen Freistoß."

„Sehr großzügig", erwiderte sie spöttisch.

Da er ein fairer Spieler war und zudem einer, der nur sehr selten verlor, erklärte er ihr die Spielregeln sehr sorgfältig. Als er ihr demonstrierte, wie sie das Queue halten musste, nutzte er die günstige Gelegenheit, sich eng an sie zu drängen und ihr seine Anweisungen ins Ohr zu flüstern.

„Man muss den Stoß mit viel Gefühl führen", raunte er, während er sich dicht hinter ihr über den Tisch beugte und tief ihren Duft einatmete. „Du brauchst keine Kraft, nur Gefühl. Geschmeidigkeit ist das A und O."

Sie versuchte ihn, so gut es ging, zu ignorieren und stieß mit dem Queue, das sie beide in der Hand hielten, zu.

„Sehr gut“, sagte er. Sie richtete sich auf. Als sie sich zu ihm umwandte, legte er die Hände auf ihre Hüften. „Warum tun wir nicht einfach so, als sei das Spiel schon zu Ende, und gehen sofort zum gemütlichen Teil des Abends über?“

„Eine Wette ist eine Wette, die wird jetzt wie verabredet ausgetragen. Finger weg, Farmboy.“

„Ich kann warten“, gab er gut gelaunt zurück. Er sah es schon vor sich, wie sie im Truck in seinen Armen lag. „Ich gebe dir zwei Bälle Vorsprung. Fang an.“

„Ich lasse dir den Vortritt.“ Sie trat einen Schritt zurück und rieb ebenso wie er die Queuespitze mit Kreide ein.

Die Spielregeln waren einfach genug.

Als Shane sich nun über den Tisch beugte, ließ sie ihn nicht aus den Augen. Lange Beine, lange Arme, große Hände. Seine Augen faszinierten sie so, dass sie vergaß, darauf zu achten, wie er den Stoß führte, aber sie sah das Resultat. Drei Bälle fielen nacheinander ins Loch.

Mit zusammengekniffenen Augen studierte sie seine Technik, die Geschwindigkeit und die Richtung, in der die Bälle über das grüne Spielfeld sausten. Natürlich hatte sie schon öfter beim Billard zugeschaut. In dem Country-Club, in dem ihre Eltern Mitglied waren, gab es auch einen Billardtisch. Aber besonders viel Aufmerksamkeit hatte sie diesem Spiel bisher noch nicht gewidmet.

Shane versenkte noch zwei weitere Bälle, ehe er ihr einen Blick zuwarf. Sie hatte die Brauen hochgezogen und den Kopf leicht schräg gelegt. Es war interessant, sie beim Denken zu beobachten. Noch interessanter würde es allerdings sein, ihr Gesicht zu betrachten, wenn sie vor Lust fast verging. Aber es war nicht sehr fair von ihm, den Tisch leer zu räumen, noch bevor sie überhaupt in Aktion getreten war.

Um ihr auch eine Chance einzuräumen, versuchte er sich an einem nahezu unmöglichen Stoß. Fast hätte er es geschafft, aber am Ende streifte der Ball den Rand des Lochs doch nur und rollte ins Aus.

„Du bist dran, Doc."

Er kam um den Tisch herum, um ihr Hilfestellung zu leisten, aber sie schob ihn ungeduldig beiseite. „Ich möchte es gern allein versuchen."

„Ganz wie du willst." Siegesgewiss lächelte er sie an. „Der Gelbe erscheint mir vielversprechend. Du solltest es mit ihm probieren."

„Schon gesehen." Sie beugte sich über den Tisch,

zielte sorgfältig und stieß zu. Der Ball rollte ins Loch.

„Nicht übel." Sichtlich erfreut ging er hinüber zum Tisch, um sein Bier zu holen. „Du stehst genau richtig für den nächsten Stoß", bemerkte er anzüglich, nachdem er zurückgekehrt war. „Wenn du …"

Sie hob den Kopf und warf ihm einen warnenden Blick zu. „Spar dir deine guten Ratschläge."

„Oh, Verzeihung." Er hob um Vergebung bittend die Hand. „Ich habe doch nur versucht, dir zu helfen. Aber wenn du keine Ratschläge möchtest … Du bist immer noch dran."

Er schnalzte leise mit der Zunge, als sie die Nummer fünf ins Visier nahm. Sah die Frau denn nicht, dass der Dreier einen sicheren Treffer garantierte? Um sein triumphierendes Lächeln zu verbergen, hob er sein Bier und setzte es genüsslich an die Lippen. Wenn sie so weitermachte, hatte er sie in spätestens fünf Minuten genau da, wo er sie haben wollte.

Einen Moment später traute er seinen Augen nicht. Der Ball, den sie anvisiert hatte, prallte gegen die Bande, kam in einem scharfen Winkel zurück und schickte die Kugel mit der Nummer drei ins Loch. Sie verzog keine Miene, sah nicht einmal auf, sondern nahm sofort die nächste ins Visier.

Ein paar Gäste, die sich zum Zuschauen um den Tisch versammelt hatten, raunten beifällig.

Sie spielte methodisch und legte zwischen den einzelnen Stößen nur kurze Pausen ein. Mit zusammengezogenen Brauen, das Spielfeld nicht aus den Augen lassend, umkreiste sie wie ein Raubtier auf dem Sprung den Tisch und landete einen Treffer nach dem anderen. Shane vergaß sein Bier.

Um das Maß seiner Demütigung vollzumachen, schickte sie schließlich auch einen seiner eigenen Bälle ins Loch.

Nachdem schließlich auch noch der Ball mit der Nummer acht in der Versenkung verschwunden war, richtete sie sich auf. „Das war's."

Tosender Beifall brandete auf. Verschiedene Männer schlugen ihr auf die Schulter und wollten sie zum Bier einladen. Shane lehnte sein Queue an den Tisch.

„Hast du dir vielleicht mal mit Billardspielen das Geld fürs College verdient?"

Rebecca, deren Wangen vor Aufregung und Stolz gerötet waren, strahlte ihn an. „Nein, ich hatte zahlreiche Stipendien. Ich habe noch nie vorher in meinem Leben Billard gespielt."

„Ich will verdammt sein." Er schob die Hände in

die Hosentaschen und sah Rebecca kopfschüttelnd an. „Du hast den ganzen Tisch leer geräumt. Das war nicht nur Glück, sei es nun Anfängerglück oder sonst was."

„Nein, war es nicht. Es war Wissenschaft. Physik und Geometrie, ein bisschen Mathematik." Hocherfreut, schon wieder etwas Neues gelernt zu haben, fuhr sie sich mit der Hand durchs Haar. „Was hältst du von noch einem Spiel? Ich lasse dir diesmal auch zwei Bälle Vorsprung."

Der Fluch lag ihm schon auf der Zunge, doch dann lachte er. „Zum Teufel! Drei wären mir noch lieber!"

7. KAPITEL

Sie konnte nicht einmal kochen. Shane hatte noch nie in seinem Leben jemanden kennengelernt, der mit einem Herd nicht mehr anzufangen wusste, als eine Dosensuppe darauf warm zu machen. Und selbst das stellte sich für Rebecca bereits als ein Projekt von enormen Ausmaßen dar.

Es machte ihm nichts aus, dass sie sich bei ihm einquartiert hatte. Zumindest war es ihm gelungen, sich das einzureden. Er hatte sie gern um sich, und wenn sie eines Abends in seinem Bett landete, wäre er der Letzte, der Einwände dagegen erheben würde. Das Einzige, was ihn an der ganzen Angelegenheit extrem störte, waren die Gründe, weshalb sie hier war.

Überall standen ihre Geräte herum – in der Küche, im Wohnzimmer, im Gästezimmer. Er konnte nicht mehr durch sein eigenes Haus gehen, ohne sich mit einer Videokamera konfrontiert zu sehen.

Es erstaunte ihn, dass eine zweifellos intelligente junge Frau allen Ernstes glaubte, Videoaufzeichnungen von Gespenstern machen zu können.

Doch die Sache hatte auch ihre Vorteile. Da sie

nicht kochen konnte, erklärte sie sich zum Ausgleich dafür nach den Mahlzeiten stets bereit, das Geschirr zu spülen. Deshalb war es nur noch halb so schlimm, vom Feld nach Hause zu kommen und sie in der Küche vorzufinden, wo sie so emsig, als hinge ihr Leben davon ab, auf ihrem kleinen Laptop herumtippte.

Sie hielt sich meistens in der Küche auf, weil sie sich dort, wie sie behauptete, am wohlsten fühlte.

Die erste Nacht hatte er mit Anstand überstanden, doch ganz einfach gewesen war es zugegebenermaßen nicht. Die Vorstellung, dass sie nur ein paar Zimmer weiter in ihrem Bett lag und schlief, hatte ihn so erregt, dass er nach vielen quälenden Stunden froh war, als endlich der Morgen graute.

Zum Frühstücken war sie nach unten gekommen, obwohl sie kaum etwas gegessen hatte. Aber sie trank Kaffee, teilte sich die Morgenzeitung mit ihm und stellte ihm einige Fragen. Und was sie alles wissen wollte!

Und doch gefiel es ihm, Gesellschaft zu haben. Er konnte sich nicht erinnern, dass eine Frau ihn jemals so beschäftigt hatte. Je länger er über diese Tatsache nachdachte, desto besorgniserregender fand er sie.

Shane MacKade lehnte es ab, sich über etwas Sorgen zu machen. Und sich über eine Frau den Kopf zu zerbrechen, die ihm allem Anschein nach nicht dieselbe Aufmerksamkeit entgegenbrachte wie er ihr, kam für ihn schon gar nicht in Frage.

Es ist nur eine Sache der Einstellung, sagte er sich. Sie war Gast in seinem Haus, und ein anständiger Mann versuchte nicht, aus seinen Gästen einen Vorteil zu ziehen. Deshalb wollte er sie so schnell wie möglich wieder aus dem Haus haben.

Als es zum dritten Mal laut schepperte, weil er mit einem Topf gegen einen anderen stieß, schob sich Rebecca die Brille ein Stückchen tiefer und spähte über den Rand hinweg zu ihm hinüber. „Shane, ich möchte nicht, dass du dich verpflichtet fühlst, für mich zu kochen."

„Da du ja nicht kochen kannst, wird mir nichts anderes übrig bleiben", erwiderte er brummig.

„Ich weiß aber zum Beispiel, wie man ein Telefon bedient. Warum lassen wir uns nicht einfach irgendwas zu essen kommen? Das macht die Sache doch viel leichter."

Er wandte sich zu ihr um. „Du bist hier nicht in New York, Schätzchen, ich glaube, das hast du vergessen. Hier gibt es niemanden, der dir was ins Haus bringt."

„Oh.“ Sie gab einen leisen Seufzer von sich und setzte die Brille ab. Dann stand sie vom Tisch auf, stellte sich hinter ihn und begann, ihm die Schultern zu massieren. „Du hattest bestimmt einen harten Tag. Es muss sehr ermüdend sein, Stunden um Stunden auf dem Traktor zu sitzen und anschließend auch noch das Vieh zu versorgen.“

„Wenn man nachts gut schläft, ist es kein Problem“, gab er zähneknirschend zurück.

„Du bist wirklich schrecklich verspannt. Komm, setz dich doch hin. Ich öffne eine Büchse Fleisch und mache uns ein paar Sandwiches.“

„Ich will keine Sandwiches.“

„Mehr habe ich dir leider nicht anzubieten.“

Er wirbelte herum und zog sie mit einem leisen Aufstöhnen in die Arme. „Ich will dich!“

Ihr Herz machte einen Sprung. „Ich war der Meinung, dass wir uns geeinigt hätten. Du hast dich mit einer Art Arbeitsbeziehung einverstanden erklärt für die Zeit, in der ich hier wohne. Von einer Bettgeschichte war nicht die Rede.“

„Ich weiß selbst, womit ich mich einverstanden erklärt habe.“ Sein Blick, dunkel und stürmisch plötzlich, schien sie zu durchbohren. „Deshalb muss es mir noch lange nicht gefallen.“

„Nein, das muss es nicht. Ist dir schon mal in den Sinn gekommen, dass du deshalb verärgert sein könntest, weil ich nicht so auf dich reagiere, wie du gewohnt bist, dass Frauen im Allgemeinen auf dich reagieren?"

„Wir reden jetzt nicht über andere Frauen. Wir reden über dich. Über dich und mich. Hier und jetzt."

„Wir reden über Sex", erwiderte sie und drückte kurz seinen Arm, bevor sie einen Schritt zurücktrat. „Und ich denke darüber nach."

„Du denkst darüber nach?" Er sah sie fassungslos an. „Du denkst darüber nach, so wie du darüber nachdenkst, ob du lieber Fisch oder Huhn zu Mittag essen würdest? Das kann ja wohl nicht wahr sein!"

„Es ist ein sensibles Thema. Damit umzugehen, meine ich." Sie drehte ihm den Rücken zu, ging seelenruhig hinüber zum Tisch und setzte sich.

Damit umzugehen? Er kochte vor Wut. „Gedenkst du es mich wissen zu lassen, wenn du mit deinen Überlegungen zu einem Schluss gekommen bist?"

„Du bist der Erste, der es erfährt", erwiderte sie ruhig und nippte an ihrem Glas.

Er versuchte, Haltung zu bewahren. Es war ein harter Kampf, sogar für einen MacKade. Sachliche

Argumente, das war es, was sie verstand. Okay, das sollte sie auch bekommen. Dann würde er eben sachlich argumentieren.

„Weißt du, wenn ich jetzt so darüber nachdenke, muss ich dir gestehen, dass ich dich eigentlich ein bisschen zu cool finde. Ich bevorzuge weichere, wärmere Frauen."

„Desinteresse vorzuschützen ist ein guter Trick, Farmboy. Ich bin sicher, dass er in neun von zehn Fällen funktioniert." Sie zwang sich, ihn anzulächeln. „Aber bei mir musst du dir schon ein bisschen mehr Mühe geben."

„Ich werde mein Möglichstes tun." Da ihm bewusst war, dass er im Moment die schlechteren Karten hatte, schlenderte er so lässig wie möglich zur Tür und ging hinaus. Er musste jetzt nur noch entscheiden, welcher von seinen Brüdern ihm als Zielscheibe für seine Aggressionen dienen sollte.

Rebecca stieß einen langen Seufzer aus und rieb sich die Augen. Woher hätte sie wissen sollen, dass diese kaum mehr gezügelte Wut, dieses heiße Begehren, diese angeborene Arroganz sie so erregten?

Fast wäre sie bereit gewesen, sich ihm hinzugeben. In dem Moment, in dem er herumgewirbelt war und sie an sich gezogen hatte, war sie geneigt gewesen, alle Bedenken in den Wind zu schlagen. Aber …

Ihr war klar gewesen, dass ihr die Kontrolle entglitten wäre. Er war im Augenblick einfach zu unberechenbar. Er hätte sie einfach genommen. Und so verlockend diese Vorstellung auch war, jagte sie ihr doch gleichzeitig eine Riesenangst ein.

Wenn er wüsste, dass sie lediglich die Absicht hatte abzuwarten, bis sie ruhiger geworden war und sichergehen konnte, dass auch er sich wieder unter Kontrolle hatte. Sie war überzeugt davon, dass Shane in ausgeglichener Gemütsverfassung ein zärtlicher und rücksichtsvoller Liebhaber sein würde. Doch aufgewühlt und voller Begehren wie im Moment, würde er wahrscheinlich ungeduldig und fordernd sein.

Also blieb ihnen beiden nichts als abzuwarten, bis der richtige Augenblick gekommen war.

Sie lehnte sich mit geschlossenen Augen zurück und genoss die Stille, die ihr wie die Ruhe nach dem Sturm erschien. Es fiel ihr so leicht, sich hier zu entspannen, sie fühlte sich so wohl in seiner Küche, in seinem Haus.

Der Geruch nach verbranntem Holz lag in der Luft, der Bratenduft sowie der Duft nach Zimt und

Äpfeln. Und die brennenden Holzscheite im Herd knisterten anheimelnd. All diese Dinge machten aus diesem Haus ein Zuhause. Obwohl …

Plötzlich fröstelte Rebecca, die Augen noch immer geschlossen, den Körper angespannt. Wie kam sie auf Bratenduft? In der Backröhre war kein Braten, wie konnte sie ihn dann riechen? Und im Herd brannte doch auch überhaupt kein Feuer, woher kam also das anheimelnde Knistern?

Langsam öffnete sie die Augen. Der Raum schwankte leicht und begann vor ihren Augen zu verschwimmen: ein gusseiserner Küchenherd, in dem ein Feuer lichterloh brannte, das Fenster war weit geöffnet, Sonnenstrahlen fielen herein, und auf dem Fensterbrett stand ein frisch gebackener Apfelkuchen zum Auskühlen.

Sie blinzelte, dann war das Bild verschwunden. Jetzt sah sie nur noch blitzende Kacheln und Holz, hörte das leise Summen des Kühlschranks.

Nur die Gerüche blieben. Wie ein Echo glaubte sie das leise Weinen eines Babys zu vernehmen.

„Okay, Rebecca“, flüsterte sie mit bebenden Lippen vor sich hin. „Du wolltest es so. Scheint so, als hättest du eben genau das bekommen, was du dir gewünscht hast.“

Sie stand auf und eilte ins Wohnzimmer, wo ihre Videokamera und zahlreiche andere Geräte zwischen den gemütlichen Sesseln, dem Schaukelstuhl und den Bücherregalen herumstanden. Einen Temperatursturz hatte ihr Messgerät nicht registriert, aber sie spürte die starke elektrische Aufladung der Atmosphäre. Dazu brauchte sie kein Messgerät. Ein Schauder überlief sie.

Sie war nicht allein.

Das Baby weinte. Eine Hand auf ihren Mund gepresst, starrte sie auf ihren Rekorder. Ob das leise Weinen hörbar sein würde, wenn sie das Band zurückspulte und es abspielte? Oben wurde eine der Schlafzimmertüren behutsam geschlossen. Dann hörte sie, wie die Wiege hin- und hergeschaukelt wurde. Das Weinen verstummte mit einem Mal.

Jemand wiegt das Baby in den Schlaf, dachte sie. Es wurde beschützt und geliebt. Beschützt und geliebt, wie auch sie sich hier in diesem Haus fühlte.

Erst nachdem alles wieder ruhig geworden war, ging sie an ihren Computer und begann, die Ereignisse sorgfältig zu protokollieren.

Es war fast Mitternacht, als Shane nach Hause kam und Rebecca genau dort vorfand, wo er sie verlassen hatte. Sein Zorn war verraucht. Zwar hatte keiner seiner Brüder ihm den Gefallen getan, sich auf einen Boxkampf mit ihm einzulassen, doch Devin war es immerhin gelungen, ihm seine schlechte Laune zu nehmen.

Als er allerdings jetzt Rebecca mit zerzausten Haaren und halb von der Nase heruntergerutschter Brille vergnügt vor ihrem Laptop sitzen sah, hatte er die schlimmsten Befürchtungen, dass seine schlechte Laune zurückkehren könnte.

„Willst du nicht endlich Schluss machen? Es ist schon sehr spät."

„Ich bin zwanghaft besessen. Hi."

„Hi." Als er auf ihre geröteten Wangen und das Lächeln, das ihre Mundwinkel umspielte, aufmerksam wurde, zog er die Augenbrauen zusammen. „Was treibst du denn?"

„Nichts. Ich habe nur ein bisschen mit den Geistern gespielt. Sie sind sehr nett."

Er trat näher. Neben ihrem Computer stand eine fast leere Flasche Wein. Und ein halb volles Glas. Er schenkte ihr einen zweiten Blick und lachte dann laut heraus.

„Sie sind abgefüllt, Dr. Knight."

„Falls du damit zum Ausdruck bringen willst,

dass ich betrunken bin, kann ich nicht umhin, deiner Diagnose zuzustimmen. Ich bin sehr, sehr betrunken."

Sie hob das Glas und schaffte es, daran zu nippen, ohne etwas zu verschütten. „Ich weiß auch nicht, was passiert ist. Vielleicht hab ich deshalb ein bisschen viel getrunken."

Sie lächelte … beschwipst. Mehr als beschwipst. Die Tatsache, dass es ganz offensichtlich auch ihr nicht in jeder Situation gelang, die Kontrolle zu behalten und alles rein wissenschaftlich anzugehen, erfüllte ihn mit tiefer Befriedigung.

„Genau das wollte ich." Er legte ihr einen Finger unters Kinn und hob sanft ihren Kopf. „Hast du denn etwas gegessen?"

„Wie denn? Ich kann doch nicht kochen." Das fand sie dermaßen lustig, dass sie sich ausschüttete vor Lachen.

Es war unmöglich, ihr böse zu sein. Sie sah so süß aus. Er nahm ihr die Brille ab und legte sie auf den Tisch. „Lass uns raufgehen, Baby."

„Willst du mich denn vorher nicht wenigstens mal küssen?" Nach diesen Worten rutschte sie langsam vom Stuhl und sank zu Boden.

Shane fluchte leise und bückte sich, um sie aufzuheben. Auch wenn sie wesentlich mehr Alkohol intus hatte, als ihr gut tat, konnte sie noch immer sehr gut zielen. Sie suchte und fand seine Lippen und küsste ihn.

„Hmm … schmeckst du gut." Da sich in ihrem Kopf alles zu drehen begann, legte sie die Arme um seinen Nacken und klammerte sich an ihm fest. „Komm, leg dich neben mich, ja? Und küss mich noch mal. Davon wird mir so schön schwindlig, und mein Herz fängt an zu rasen. Willst du mal fühlen?" Sie nahm seine Hand und legte sie auf ihre Brust. „Spürst du's?"

Oh ja, er spürte es. „Lass das jetzt." Er setzte alles daran, nicht den Kopf zu verlieren. Schließlich war er ein Ehrenmann. Trotz alledem, und er hätte sich nie verziehen, wenn er die Situation ausnutzen würde. „Du bist indisponiert, Schätzchen."

„Oh, ich fühle mich großartig. Hast du keine Lust?"

Wieder fluchte er. Er hob sie hoch, wobei es ihm nicht gelang, ihren Küssen auf seine Wange und seinen Hals auszuweichen.

„Hör jetzt sofort auf, Rebecca. Nimm dich zusammen."

„Wozu? Ich habe mich mein ganzes Leben lang

zusammengenommen. Komm, zieh das aus.“ Sie fummelte an seinen Hemdknöpfen herum. „Du gefällst mir im Unterhemd. Du hast so schöne Muskeln. Ich will sie spüren.“

Jetzt fluchte er wie ein Henkersknecht, während er sie aus der Küche trug. „Dafür wirst du büßen. Du wirst morgen einen Riesenkater haben.“

Sie kicherte, strampelte mit den Beinen und durchwühlte sein volles Haar. Obwohl sie leicht war wie eine Feder, begannen ihm die Arme zu zittern, und die Knie wurden ihm weich.

Als sie ihm zärtlich ins Ohrläppchen biss, hätte er fast aufgeschrien.

„Oh, ich liebe dieses wundervolle Haus. Ich liebe dich. Ich liebe alles. Nehmen wir uns noch eine Flasche Wein mit ins Bett?“

„Nein, und du würdest besser daran tun …“ Er beging den Fehler, den Kopf zu senken und auf sie hinunterzuschauen. Sie nützte die Gelegenheit, erneut seinen Mund zu erobern.

Ehrenmann hin oder her, er war noch immer ein Mann. Eine Hitzewelle durchlief ihn, verursachte ihm Qualen, führte ihn in Versuchung. Mit einem langen, verzweifelten Seufzer ließ er sich mit seiner Last auf der Treppe nieder und ergab sich diesen herrlichen, willfährigen Lippen. „Rebecca“, flehte er, „du machst mich verrückt.“

„Ich hab gern mit Verrückten zu tun, schließlich bin ich ja Psychiaterin.“ Wieder schüttete sie sich aus vor Lachen, während sie sich eng an ihn schmiegte. Sie zerrte ihm das Unterhemd aus der Hose und streichelte seine glatte, mittlerweile mit einem feinen Schweißfilm überzogene, heiße Haut. „Küss mich noch mal, aber so richtig mit der Zunge. Ich find’s so herrlich, wenn du das machst.“

„Oh nein!“ Er wiederholte diese Worte im Stillen wie ein Gebet, nachdem er aufgestanden war und während er sie über den Flur ins Gästezimmer trug. Er beabsichtigte lediglich, sie aufs Bett zu legen und sich dann so unauffällig und würdevoll wie möglich zurückzuziehen.

Aber er hatte die Rechnung ohne den Wirt gemacht. Der Alkohol verlieh ihr ungeahnte Kräfte. Als er sie hinlegte, zerrte sie derart an ihm, dass er das Gleichgewicht verlor und auf sie fiel. „Ah, wie herrlich.“ Sie seufzte genießerisch. Dann bog sie sich ihm entgegen. „Oh Shane!“

Er stöhnte hilflos. Als er fühlte, wie sie ihre schmalen Hände auf seinen Po legte, war er mit seiner Beherrschung am Ende.

„Nein. Nein.“ Er musste an sich halten, ihr nicht die Kleider vom Leib zu reißen.

„Doch“, rief Rebecca lachend. „Sobald wir dir diese Hose hier ausgezogen haben.“

Er versuchte sie daran zu hindern, seinen obersten Hosenknopf zu öffnen, sah in das herrlich verführerische Gesicht unter sich, um sich nur einen Moment später in einer wahrhaft titanischen Anstrengung daran zu erinnern, dass es Spielregeln gab, an die man sich halten musste.

„Du hörst jetzt sofort auf.“ Nicht gerade sanft packte er sie an den Handgelenken und hielt sie fest. „Lass die Finger von mir, verdammt noch mal.“

Sie lächelte ihn an und begann sich in sinnlich träger Langsamkeit unter ihm hin und her zu bewegen. „Ich verspreche dir auch, dir nicht wehzutun.“ Wieder schüttete sie sich aus vor Lachen. „Du schaust so böse. Komm, küss mich.“

„Ich könnte dir den Hals umdrehen.“ Aber er küsste sie, allerdings wohl eher aus Frust denn aus Verlangen. Der Kuss war grob und wild und fast schon ein wenig gemein. Als er sich schließlich von ihr zurückzog, sah er, dass ihre Lider schwer waren. Das verführerische Lächeln umspielte allerdings noch immer ihre Mundwinkel.

„Mmmehr …“

Sein Körper peinigte ihn, die Ader an seiner Schläfe pochte heftig. „Wart’s ab, Rebecca“, sagte er grimmig. „Du bekommst mehr, aber dann wirst du stocknüchtern sein und dich dennoch nicht mal mehr an deinen eigenen Namen erinnern.“

„Okay“, murmelte sie zustimmend, während ihr die Augen schließlich ganz zufielen. „Okay.“ Im nächsten Augenblick war sie eingeschlafen.

Shane blieb noch einen Moment auf ihr liegen und rang nach Atem. Er spürte, wie sich ihre Brüste unter ihm hoben und senkten.

„Ich will nicht, dass du mich morgen früh hasst, Baby“, flüsterte er, als er sich schließlich erhob.

Er zog die Decke sorgfältig über sie und überließ sie, vollständig bekleidet bis hin zu den Schuhen, ihrem Schicksal.

Als Rebecca am nächsten Morgen, etwas blass um die Nase, im Morgenrock am Frühstückstisch erschien, lächelte Shane schadenfroh.

„Wie geht’s, Doc?“

Vorsichtig räusperte sie sich. „Gut, danke.“ Sie warf einen Blick auf den Tisch, auf dem noch immer die fast leere Weinflasche und ihr Glas als untrüglicher Beweis für ihren Absturz standen. „Mir scheint, ich habe gestern etwas zu viel getrunken."

„Das ist milde ausgedrückt." Er knallte die Tür vom Küchenschrank lauter zu als notwendig. Dass sie nicht im Mindesten zusammenzuckte, enttäuschte ihn etwas. „Genau gesagt warst du gestern Abend stockbetrunken."

Jetzt zuckte sie zusammen. „Ich bin nicht daran gewöhnt, so viel Alkohol zu trinken. Vor allem war es ziemlich dumm, das auf nüchternen Magen zu tun. Ich möchte mich bei dir entschuldigen und mich bedanken, dass du mich ins Bett gebracht hast."

Sein triumphierendes Lächeln verschwand. Für seinen Geschmack hatte sie sich schon wieder allzu gut in der Gewalt, dabei musste sie doch einen Riesenkater haben. „Was macht der Kopf?"

Sie lächelte, erfreut über sein Interesse an ihrem Befinden. „Dem geht's auch gut."

Er sah sie fassungslos an. Gab es denn überhaupt keine Gerechtigkeit auf der Welt? „Du hast keinen Kater?"

„Nein!", entgegnete sie fröhlich. „Aber ich könnte jetzt ein bisschen Kaffee vertragen."

Sie ging zur Kaffeemaschine. Mit sicherem Gang, wie Shane mit wachsender Verärgerung registrierte.

Das grelle Sonnenlicht, das durch die Fenster hereinfiel, schien sie nicht zu stören. Sie zuckte mit keiner Wimper. Kein leiser Seufzer entfuhr ihr, kein verhaltenes Stöhnen.

„Du hast fast eine ganze Flasche Wein auf nüchternen Magen getrunken und fühlst dich trotzdem gut?“, vergewisserte er sich ein zweites Mal.

„Ja … Ich habe Hunger.“ Sie lächelte ihn an, während sie sich Kaffee eingoss. „Ich muss mich wohl ziemlich idiotisch aufgeführt haben letzte Nacht. Danke für dein Verständnis.“

„Bitte, bitte. Keine Ursache.“ Ihm war der Appetit vergangen.

Auf jeden Fall verdiente er neben der Entschuldigung auch noch eine Erklärung. „Es war doch nur, weil …“ Wie sollte sie ihm von dem, was sie erlebt hatte, erzählen? „Ich … du bist wütend auf mich. Das ist dein gutes Recht. Ich habe mich wirklich schrecklich danebenbenommen.“

Sie trat auf ihn zu und legte ihm eine Hand auf den Arm. „Und du warst so rücksichtsvoll und süß.“

„Süß“, wiederholte er. „Kannst du dich erinnern, was passiert ist?“

„Natürlich“, erwiderte sie, ein bisschen überrascht. Sie lehnte sich gegen den Tresen und nippte an ihrem Kaffee. „Ich war … nun, ich war ziemlich aufdringlich … anders kann man es wohl nicht bezeichnen. Das ist normalerweise nicht mein Stil. Ich bin sehr erleichtert, dass du mein Verhalten dem Alkohol zuschreibst. Ich hätte dir keinen Vorwurf gemacht, wenn du mich einfach hier auf dem Fußboden hättest liegen lassen."

Mehr amüsiert über sich selbst als beschämt, lächelte sie ihn über den Rand ihrer Tasse hinweg an. „Ich muss wirklich völlig beschwipst gewesen sein. Obwohl ich mir kaum vorstellen kann, dass eine so sturzbetrunkene Frau eine große Versuchung darstellt, finde ich dennoch, dass du dich sehr rücksichtsvoll mir gegenüber verhalten hast. Du warst sehr geduldig."

Sie hatte nicht mal die Güte, sich gedemütigt zu fühlen. Er rauchte vor Zorn. Und, viel schlimmer noch, sie machte aus ihm auch noch einen Heiligen. „Du warst widerlich."

„Ich weiß. Aber wie auch immer, es war eine Erfahrung. Ich war noch nie im Leben so betrunken, und ich glaube auch nicht, dass es jemals wieder so weit kommen wird. Glücklicherweise ist mir das nicht in der Öffentlichkeit passiert, und ich bin froh, dass du es warst, der sich um mich gekümmert hat. Kann ich ein Stück von diesem Schinken haben?"

Ganz cool bleiben, befahl er sich. Mit äußerster Konzentration gelang es ihm, seine Stimme ruhig zu halten. „Bist du jetzt nüchtern, Rebecca?"

„Wie ein Buchhalter." Sie biss ein Stück von der Schinkenscheibe ab und kaute genüsslich. „Und ich beabsichtige, es für lange Zeit zu bleiben."

Langsam nickte er, wobei er sie nicht aus den Augen ließ. „Klarer Kopf und alles im Griff?"

Sie setzte zu einer Erwiderung an, doch irgendetwas in seinem Tonfall ließ sie aufhorchen. Als sie ihn jetzt ansah, war sie auf der Hut. Der dunkle, gefährliche Ausdruck, der in seinen Augen lag, veranlasste sie, einen Schritt zurückzuweichen. „Shane ..."

Er riss sie so überraschend in seine Arme, dass ihr vor Schreck die Kaffeetasse aus der Hand rutschte und auf den Kacheln zerschellte.

„So, so, süß bin ich also." Außer sich vor Zorn und Frustration, presste er seinen Mund auf ihren, während er sie gegen den Kühlschrank drängte. „Rücksichtsvoll. Geduldig." Er löste sich gerade lange genug von ihren Lippen, um die Worte hervorstoßen zu können.

„Ja. Nein.“ Wie sollte sie denken, wo ihr doch plötzlich ganz schwindlig wurde?

„Du hast mich fast um den Verstand gebracht.“

Er bog ihren Kopf in den Nacken und küsste sie verlangend, was in ihr ein nie gekanntes Feuer auflodern ließ. „Weißt du eigentlich, wie sehr ich dich begehre, Rebecca? Machst du dir davon überhaupt einen Begriff?“

Er klärte sie auf, hart und schonungslos, mit seinen Lippen, seiner Zunge, seinen Händen, mit seinem heißen Körper, dessen Muskeln stählern waren vor Anspannung. Sie rang nach Atem und schmolz dahin, seinen aufreizenden Liebkosungen hilflos ausgeliefert.

„Verstehst du mich jetzt?“, stieß er rau hervor und hob sie dann hoch, ohne eine Reaktion oder Antwort abzuwarten.

In plötzlich aufkommender Panik versuchte sie sich freizumachen. „Warte.“

„Einen Teufel werde ich tun. Du solltest besser nein sagen, Rebecca. Laut und deutlich. Aber sag es rasch, ehe es zu spät ist. Wenn du mir begreiflich machst, dass du es nicht willst, dass du mich nicht willst, lass ich dich runter. Aber sag es klar und deutlich.“

Ihre Hand lag auf seiner Brust, deshalb konnte sie hören, wie sein Herz hämmerte. Ihre Hand zitterte. Vor Angst, wie sie im ersten Moment angenommen hatte. Doch es war nicht Angst, nein, es war alles andere als Angst. Es war Verlangen.

„Ich kann nicht." Sie atmete heftig. „Es wäre eine Lüge."

In ihm stieg ein Triumphgefühl auf. „Wusst ich's doch."

8. KAPITEL

Rebecca wünschte sich, jeden Sekundenbruchteil festhalten zu können, jedes Geräusch, jede Empfindung. Sie wünschte sich, in der Lage zu sein, alles minutiös aufzeichnen zu können, jeden Moment, den sie in den Armen dieses atemberaubenden Mannes erlebte.

Es war ihr egal, ob er zärtlich war oder grob, geduldig oder fordernd, solange er nur nicht aufhörte, sie zu begehren.

Mitten auf der Treppe blieb er stehen, um sie erneut zu küssen. Ihr heftiges Verlangen jagte ihr einen Lustschauer nach dem anderen den Rücken hinunter. Und dies, dachte sie, ist erst der Anfang.

Es überraschte sie nicht, als sie sich bei dem Versuch ertappte, seine Hemdknöpfe zu öffnen. Sie wollte ihn spüren, seine heiße, glatte Haut berühren, überall.

Als er mit ihr über die Schwelle seines Schlafzimmers trat, war er außer Atem und lachte. „Fast wie letzte Nacht." Er ließ sich mit ihr zusammen aufs Bett fallen. „Nur viel besser."

„Kannst du nicht endlich das Ding hier ausziehen? Es wird höchste Zeit." Auch sie lachte, obwohl ihr schleierhaft war, woher sie dafür noch die Kraft nahm, weil ihr Verlangen ihre ganzen Kräfte aufzuzehren schien.

„Bei dir geht's einfacher." Mit sicherer Hand öffnete er den Gürtel ihres Bademantels und schlug die beiden Enden auseinander. Darunter war sie nackt. Die Spitzen ihrer Brüste waren verführerisch aufgerichtet.

Als er begann, daran zu saugen, überwältigten sie bis dahin unbekannte Empfindungen. Vergeblich versuchte sie, einen klaren Kopf zu behalten.

Wie gelang es einem Menschen, diese süßen Qualen zu überstehen? Und wie konnte man ohne sie leben? Wie hatte sie so lange ohne sie sein können?

Sekunden später war sie nackt, und jedes Mal, wenn Shanes große, kräftige Hand sie berührte, überlief sie ein Schauer.

Er konnte gar nicht genug bekommen. Diese samtweiche helle Haut, diese langen schlanken Glieder, diese kleinen festen Brüste. Sie hatte nach dem Aufstehen geduscht und duftete nach Seife, und er konnte sich nicht erinnern, dass ihn der Geruch von Seife jemals in seinem Leben derartig erregt hatte.

Sie wand sich vor Lust unter ihm, und er konnte von ihrem Anblick gar nicht genug bekommen.

Überall, wo er sie berührte, reagierte sie, als wäre sie noch niemals in ihrem Leben berührt worden. Als sie sich ihm jetzt stöhnend entgegenbog, waren ihre Augen nicht mehr bernsteinfarben, sondern dunkel und unergründlich.

Noch nie hatte eine Frau ihn so sehr erregt.

„Verdammt." Schwindlig vor Verlangen setzte er sich auf und versuchte sich seiner Stiefel zu entledigen. Sie wollte ihn nicht loslassen und drängte sich mit ihrem wundervollen Körper eng an ihn.

„Beeil dich." Wie wild zerrte sie an seinem Unterhemd und zerkratzte ihm mit den Fingernägeln seinen Rücken. „Oh, ich liebe deinen Körper. Ich … Hmm …" Sie streifte ihn mit den Brüsten.

Seine Hand glitt ihren Schenkel hinauf. Ihr Schoß war heiß und feucht. Ihre Nägel zogen eine Spur über seinen Rücken, während sie sich lustvoll an ihn presste.

„Ich muss jetzt zu dir kommen", sagte er rau. Fast gewaltsam drückte er sie zurück in die Kissen und riss sich mit zitternden Händen die Hose vom Leib. Er konnte sich nicht erinnern, dass ihm jemals zuvor in einer vergleichbaren Situation die Hände gezittert hatten. „Ich will dich jetzt, jetzt sofort."

„Ich dich auch. Mach schnell." Ungeduldig klammerte sie sich an ihn. Oh, sie wollte ihn auf sich fühlen – und in sich –, sie wollte mit ihm eins werden. „Ich kann es nicht mehr erwarten." Sie spreizte die Schenkel, um ihn in sich aufzunehmen.

Kraftvoll drang er in sie ein. Und erstarrte. Schock, Unglauben und Panik vermischten sich mit Verzweiflung, als sie aufschrie, während er voller Entsetzen spürte, dass sie noch unberührt war.

„Rebecca. Meine Güte. Beweg dich nicht."

„Was?" Sie war verloren, sie wusste nicht mehr, was um sie herum vorging. Die Welt um sie herum schien versunken zu sein. Ihn in sich zu spüren war das Herrlichste, was sie je in ihrem Leben erlebt hatte. „Was?"

„Um Himmels willen, beweg dich nicht", stieß er zwischen zusammengebissenen Zähnen hervor, während er um Selbstbeherrschung rang. Sie war so heiß und eng und feucht. „Ich will dir nicht noch einmal wehtun." Es gelang ihm nicht, sein Keuchen zu unterdrücken. „Gib mir einen Moment Zeit."

„Was?", fragte sie wieder, schlang die Beine um seine schmalen Hüften und bog sich ihm entgegen.

„Nicht … tu das nicht …"

Doch nun hatte er nicht länger die Kraft zu widerstehen. Jetzt nahm er sie ganz. Einen Augenblick später bewegten sie sich beide in einem erregenden Rhythmus, der immer schneller wurde. Und als er glaubte, die quälend süße Wollust keinen Augenblick länger ertragen zu können, kam die Erlösung.

Völlig erschöpft und nach Atem ringend ließ er sich auf sie fallen. „Es tut mir leid“, war alles, was er herausbrachte, doch es war kaum mehr als ein heiseres Flüstern. Er musste sich bewegen, er wusste, dass er sich bewegen musste, aber es gelang ihm einfach nicht. Noch nie hatte er so etwas mit einer Frau erlebt.

Er suchte den Grund dafür in dem Umstand, dass sie noch unberührt gewesen war. Schuldgefühle machten sich in ihm breit.

Gewaltige Schauer überliefen sie, wieder und wieder. Es sah aus, als würde sie gleich weinen.

„Rebecca, du hättest es mir vorher sagen sollen.“ Sicher gab es ein Mittel, sie zu beruhigen, doch er kannte es nicht. Er fühlte sich überfordert.

„Dir sagen?“, wiederholte sie mit so schwacher Stimme, dass er ihre Worte kaum verstand.

„Ich hätte dich doch nie im Leben zu etwas gedrängt. Ich hätte auf keinen Fall … Verdammt, vielleicht hätte ich ja doch.“ Er fand die Kraft, den Kopf zu heben und ihr ins Gesicht zu sehen. Ihre Augen waren geschlossen, ihr Mund war leicht geöffnet. „Ich habe dir wehgetan. Ich muss dir wehgetan haben."

Sie hob die Lider. Ihre Pupillen waren so groß, dass ihre Augen fast schwarz wirkten. Sie hat einen Schock, dachte er und verfluchte sich erneut. Doch dann lächelte sie ihn an.

„Nein, hast du nicht. Es war einfach wundervoll. Ich fühle mich wundervoll."

„Aber …"

„Ist es immer so schön?" Sie stieß einen langen, beseligten Seufzer aus. „So überwältigend, so … ungeheuerlich? Man hat das Gefühl, als könne einen keine Macht der Welt aufhalten. Es ist so …" Wieder seufzte sie. „So herrlich."

„Ich … nein … ja." Was, zum Teufel, sollte er denn dazu sagen? Zu ihr? „Ich kann überhaupt noch nicht klar denken."

Wieder lächelte sie. „Ich war mir nicht sicher, ob ich gut war. Aber ich war es, stimmt's?"

„Du …" Was ging hier vor? Sie weinte nicht, sie war nicht einmal aufgebracht. Ganz im Gegenteil, sie wirkte zufrieden. Als er nun fortfuhr, wählte er seine Worte mit Bedacht. „Rebecca, du bist noch nie vorher mit einem Mann zusammen gewesen."

„Ich habe mich bisher noch nie besonders für Männer interessiert." Sie fand die Kraft, ihre Arme zu heben und sie um seinen Nacken zu legen. Dann verschwand ihr Lächeln. „Ich war also doch nicht so gut, wie ich dachte? Hab ich was falsch gemacht? Hat es dir nicht so gut gefallen wie mir?"

„Du bringst mich noch um den Verstand." Shane rollte sich von ihr herunter und legte sich auf den Rücken. Er fuhr sich mit den Händen übers Gesicht. „Ich habe die Beherrschung verloren. Das ist mir zwar irgendwann klar geworden, aber da war es schon zu spät. Ich musste einfach weitermachen, ob ich wollte oder nicht."

„Es tut mir leid, dass ich nicht alles richtig gemacht habe." Abrupt setzte sie sich auf. „Es war das erste Mal bei mir, vielleicht hast du ja noch ein bisschen Geduld."

Er verfluchte sie im Stillen und packte sie am Arm, weil sie Anstalten machte, aus dem Bett zu klettern. „Schau mich an", befahl er. Als sie nicht reagierte, wiederholte er: „Los, du sollst mich anschauen." Es dauerte noch einen Moment, ehe sie den Blick auf ihn richtete. „Ich habe zwar keine verdammten Auszeichnungen zu vergeben, aber ich will dir trotzdem etwas sagen. Ich begehre dich. Schon jetzt in diesem

Augenblick habe ich wieder so viel Lust auf dich, dass ich dich nehmen könnte. Und nicht mal meine Schuldgefühle scheinen dieses Verlangen bremsen zu können. Aber wenn ich vorher gewusst hätte, dass du noch Jungfrau bist, wäre ich ein bisschen vorsichtiger und sanfter gewesen. Ich hätte einfach mehr aufgepasst. Ich hätte es zumindest versucht."

„Du hast mir nicht wehgetan, Shane." Ihr fiel ein Stein vom Herzen. Sie hob die Hand, um ihm die Wange zu streicheln. „Ich habe es dir absichtlich nicht erzählt, weil ich Angst hatte, dass du dann vielleicht einen Rückzieher machst. Ich nahm einfach an, dass dir eine erfahrene Frau lieber ist."

„Zum Teufel, welche Sprache sprichst du?", fragte er. „Warum kann ich dich nicht verstehen?"

„Ich habe manchmal selbst Mühe, mich zu verstehen." Sie beugte sich vor und streifte mit den Lippen seinen Mund. Als er sie an sich zog, seufzte sie leise und glücklich auf. „Es war aber ein wunderschönes, atemberaubendes erstes Mal. Lass es uns bald wieder machen. Du bist ein atemberaubender Liebhaber."

Shane lachte. „Um das zu beurteilen, fehlen dir zweifellos die Vergleiche." Er knabberte an ihrem Ohrläppchen. „Sag mal, Rebecca …"

„Hmm?“

„Stimmt mit diesen akademischen Typen irgendwas nicht? Oder warum sonst haben sie dich bisher alle in Ruhe gelassen?“

Sie küsste ihn auf die Schulter. „Wenn du mich vor einem Jahr kennengelernt hättest, würdest du so etwas nicht fragen. Du hättest mir keinen zweiten Blick gegönnt.“

„Ich schaue mir jede Frau mindestens zweimal an. Jede, Rebecca.“

Sie lachte und befühlte seine Muskeln. „Ich war eine einzige Katastrophe, glaub mir.“ Jetzt fiel es ihr nicht mehr schwer, das zuzugeben, nicht jetzt, während sie sich, erschöpft von der Liebe, in seine Arme schmiegte. „Ein prämiertes Mauerblümchen.“

Amüsiert hielt er sie ein Stück von sich weg und schaute ihr in die Augen. „Kein Mauerblümchen hat solche Augen wie du, das kannst du mir glauben. Solche Augen sind die reine Sünde.“

Sie zwinkerte. „Findest du?“

Er lachte und zog sie wieder an sich. „Wir werden uns noch oft lieben.“ Er bog ihren Kopf zurück und küsste sie leicht. „Aber jetzt ruft die Arbeit. Ich fürchte, wir müssen langsam aufstehen.“

Sie strich ihm verführerisch über die Brust. „Meinst

du, du kannst heute mal ausnahmsweise ganz schnell arbeiten?"

Sein Herz schlug wie wild. „Ich habe das Gefühl, sehr schnell sogar."

Obwohl Rebecca auch zu tun hatte, blieb sie noch einige Zeit im Bett, nachdem Shane nach unten gegangen war. Er wird sich mit einem kalten Frühstück begnügen müssen, dachte sie und freute sich an der Vorstellung, dass er nach ihr mehr gehungert hatte als nach Essen.

Sie hatte ihn verführt. Wie herrlich war es doch, eine Frau zu sein.

So gern sie sich auch noch ein bisschen an ihn gekuschelt hätte, war sie nun doch froh, etwas Zeit für sich ganz allein zu haben. Jetzt war es ihr möglich, jede Sekunde, die sie erlebt hatte, in ihren Gedanken noch einmal Revue passieren zu lassen.

Das Wunderkind Dr. Rebecca Knight hatte einen Liebhaber, für den viele andere Frauen über glühende Kohlen gehen würden. Und er gehörte ihr allein, zumindest für eine kleine Weile.

Wohlig seufzend lehnte Rebecca sich in die Kissen zurück, schloss die Augen und versuchte, ihr Glück zu fassen.

Und unter seinem mehr als ansprechenden Äußeren verbarg sich ein ebenso ansprechender Charakter. Und er konnte sogar kochen. In ihren Augen war er der perfekte Mann. Sie hatte sich in einen perfekten Mann verliebt.

Verliebt? Abrupt setzte sie sich auf. Typisch Frau, dachte sie. Sex mit Liebe zu verwechseln. Die meisten Frauen unterlagen der irrigen Vorstellung, dass Sex gleich Liebe sei.

Sie wusste es besser. Musste es besser wissen. Schließlich war sie Naturwissenschaftlerin.

Langsam ließ sie sich wieder in die Kissen zurücksinken. Intelligenz, Ausbildung, ja, nicht einmal gesunder Menschenverstand hatten etwas damit zu tun. Sie legte die Hand auf ihr Herz.

Natürlich liebte sie ihn. Sie liebte ihn schon die ganze Zeit. Auch wenn es schrecklich kitschig klang – für sie war es Liebe auf den ersten Blick gewesen. Sie hatte versucht, diese Tatsache zu verdrängen, hatte dem Gefühl, das in ihr wuchs, zuerst andere Namen gegeben, aber es war von Anfang an da gewesen.

Und nun? Nicht lange, und sie würde davonlaufen. Oder genauer gesagt, Shane würde davonlaufen, wenn sie ihm ihre Liebe eingestand. Aber war nicht auch das eine neue, zusätzliche Erfahrung? Noch ein Gefühl, das sie sich bisher nicht gestattet hatte? Der einzige wunde Punkt bei der ganzen Angelegenheit war der, dass sie nicht wusste, ob sie mit dem umgehen konnte, was danach kam.

Aber warum sich Gedanken über die Zukunft machen? Vor ihr lagen noch Wochen, in denen sie Spaß haben und ihre neue Erfahrung genießen konnte. Am Ende würde es wehtun, aber sie würde es überleben.

Viel schlimmer, als Schmerz zu empfinden, war eine Welt ganz ohne Gefühle.

Obwohl es bereits September war, wurde es ein glühend heißer Tag, fast so, als wollte der Sommer gegen Ende noch einmal seine ganzen Register ziehen. Shane beeilte sich, zu Mittag nach Hause zu kommen. Er war verschwitzt, seine Knöchel waren leicht abgeschürft und blutig, und er hatte Befürchtungen, nach der Jauche zu riechen, die er eben über die Felder versprüht hatte.

Aber er hatte hart und schnell genug gearbeitet, um sich jetzt zwei Stunden Mittagspause gönnen zu können. Und er war entschlossen, jede Sekunde dieser zwei Stunden voll auszukosten. Mit Rebecca.

Sie saß wie üblich mit der Brille auf der Nase am

Küchentisch, und ihre schlanken Finger flogen nur so über die Tastatur des Laptops. Bei ihrem Anblick wurde ihm ganz warm ums Herz.

„Du siehst wunderschön aus“, sagte er leise, die Hand noch auf der Türklinke.

Sie sah ihn erstaunt an. Niemand hatte sie bisher wunderschön genannt. Aber er wirkte so, als meine er es ernst. Zumindest hatte er eben noch so gewirkt. Jetzt verzogen sich seine Lippen zu einem breiten Lächeln.

„Aber wenn du wenigstens kochen könntest“, fügte er hinzu.

„Ich habe Eistee gemacht.“

„Nun, das ist immerhin ein Anfang.“ Und würde seiner Kehle gut tun, die sich plötzlich wie ausgetrocknet anfühlte. Er holte den Krug aus dem Kühlschrank, goss sich ein großes Glas ein und leerte es in einem Zug. Er schnappte nach Luft. „Ah! Wie viele Teebeutel haben Sie genommen, Doc?“

„Ungefähr ein Dutzend.“

Er schüttelte fassungslos den Kopf und hoffte, seine Augen würden nicht aus den Höhlen treten. Das Zeug in seinem Glas war schwarz wie die Nacht. „Nun, zumindest treibt es den Blutdruck in die Höhe.“

Sie verzog das Gesicht. „Entschuldige. Ich fürchte, mit meinen praktischen Fähigkeiten in der Küche ist es nicht allzu weit her. Wahrscheinlich hätte ich den Tee auch nicht drei Stunden ziehen lassen sollen."

„Wahrscheinlich nicht." Behutsam stellte er das Glas ab. „Wir sollten das Zeug verdünnen. Draußen steht eine Fünf-Gallonen-Wassertonne. Das dürfte reichen."

„Ich könnte dir ein Sandwich machen." Als sie aufstehen wollte, hob er abwehrend die Hand.

„Vielen Dank. Das übernehme ich lieber selbst. Und komm mir besser nicht zu nahe, ich stinke wie eine randvolle Jauchegrube."

Ihre Haut begann plötzlich zu prickeln. Ein Gefühl, das sie in vollen Zügen genoss. Sie fuhr sich mit der Zungenspitze über die Lippen. „Du bist wirklich schrecklich schmutzig", sagte sie. Sie liebte es, wenn er schmutzig war. „Und verschwitzt. Zieh dein Hemd aus."

Verlangen überkam ihn. „Du bist sehr bestimmend. Ich mag das bei einer Frau." Aber er hielt sich noch zurück. „Schade, dass ich dich jetzt nicht anfassen kann. Du siehst so sauber und ordentlich aus, und meine Hände sind so schmutzig, ich würde dir deine Bluse fleckig machen."

Sie musterte ihn genauer. „Du blutest ja."

„Nur eine kleine Abschürfung. Ich wasche es gleich ab."

„Lass mich das machen." Sie war bei ihm, noch ehe er den Wasserhahn aufdrehen konnte.

Sorgfältig reinigte sie seine Wunden. Er genoss es, wie sie seine Hand einseifte und sanft rubbelte.

Dabei begann er sich auszumalen, wie er mit ihr zusammen unter der Dusche stand. Nasse Körper, Seifenschaum auf nackter Haut.

„Ich schätze, du wirst es überleben. Aber du solltest in Zukunft vielleicht ein bisschen besser aufpassen." Sie schnüffelte an ihm und rümpfte gleich darauf die Nase. „Was hast du denn da draußen bloß getrieben?"

Er lächelte. „Jauche versprüht."

Sie riss die Augen auf. „Mit den Händen?"

Diese Vorstellung ließ ihn laut auflachen. „Nein, Darling, dafür gibt es heutzutage Maschinen, selbst hier bei uns, auch wenn du vielleicht der Meinung bist, dass wir das Licht noch immer mit dem Hammer ausmachen."

„Freut mich zu hören." Sie wandte sich ab in der Absicht, ihm bei der Zubereitung des Essens zu helfen, und prallte gegen den Kühlschrank. „Verdammt.“ Sie nahm ihre Brille ab. „Ich vergesse immer wieder, dass ich dieses verflixte Ding aufhabe.“

Er warf ihr einen interessierten Blick zu. „Ich dachte, du vergisst nie etwas.“

„Dinge, die mich selbst betreffen, vergesse ich durchaus. Frag mich irgendwas anderes, und ich gebe dir bis ins kleinste Detail Auskunft.“

„Wolle.“

Sie war eben dabei, eine Platte mit Schinken aus dem Kühlschrank zu nehmen. Verblüfft richtete sie sich auf. „Wie bitte?“

„Ich trage mich mit dem Gedanken, Schafe zu züchten. Erzähl mir alles, was du über Wolle weißt.“

„Mach dich nicht lächerlich.“

Er zuckte die Schultern und holte das Brot aus dem Brotkasten. „Ich wette, ich habe ins Schwarze getroffen. Du weißt nichts über Wolle.“

Er brauchte sie nicht anzusehen, um zu wissen, dass sie die Augen zusammengekniffen hatte.

„Wolle wird aus den Haaren von Schafen, Ziegen, Schafkamelen, Kamelen und anderen Tiere gemacht, aus Haaren also, die sich wegen ihrer Länge, Kräuselung, Feinheit und Dehnbarkeit zum Verspinnen eignen. Die feinste Wolle ist die kurze, sehr feine, stark gekräuselte Merino-Wolle vom Merino-Schaf. Die

Kreuzzucht-Wolle stammt vom Crossbred-Schaf, einer Kreuzung zwischen ... Soll ich fortfahren?"

Belustigt schaute er sie an. „Ich bin beeindruckt. Wo warst du, als ich auf der Highschool war? Du hast mir gefehlt."

„Oh, auf einem versnobten Internat in der Schweiz, wenn ich mich nicht irre."

„Das tust du vermutlich niemals", meinte er. Er hörte aus ihrem Tonfall heraus, dass da etwas war, das es zu ergründen galt, wenn auch zu einem späteren Zeitpunkt. Sie sprach das Wort Internat mit dem gleichen Abscheu aus wie er als Kind das Wort Leber.

„Es ist offensichtlich nicht nur so, dass du dir Fakten ausgezeichnet merken kannst", bemerkte er beiläufig. „Es gelingt dir auch, sie richtig einzuordnen. Nach welchen Gesichtspunkten hast du dir deine Studienfächer ausgesucht?"

Seine Frage war ihr sichtlich unangenehm. Ihr wäre es lieber, er würde sich für ihren Körper interessieren als für ihren Verstand. „Am Anfang habe ich das studiert, was mir meine Eltern vorgeschlagen haben. Sie hatten eine sehr genaue Vorstellung davon, was aus mir eines Tages werden sollte. Später habe ich dann eigene Interessen entwickelt."

Ihre Stimme klang kühl. Shane drehte sich um und holte den Senf aus dem Kühlschrank. „Meine Eltern waren schon immer sehr erleichtert, wenn ich mal eine ganze Woche lang nicht in das Büro des Schulleiters bestellt wurde, weil ich wieder irgendwas ausgefressen hatte. Ich war ein wilder Junge. Deine müssen sehr stolz auf dich gewesen sein."

„Sie sind beide ebenfalls sehr erfolgreich in ihrem Beruf", gab sie zurück. „Mein Vater ist ein bekannter Chirurg, und meine Mutter ist Chemieprofessorin. Natürlich haben sie stets von mir erwartet, dass ich mich ebenfalls hervortue. Noch weitere Fragen?"

Sumpfgebiet, dachte er, und plötzlich tat es ihm leid, dass er dafür verantwortlich war, dass ihr Gespräch eine Wendung genommen hatte, die ihr unangenehm war. Er wollte, dass sie wieder lächelte.

„Verrat mir doch nur noch eins. Was hast du eigentlich unter diesem Hemd an?"

„Das Übliche."

„Ach ja?"

Sie lächelte, während sie die Schinkenplatte auf den Tisch stellte. „Vielleicht willst du ja selbst nachsehen."

„Offen gestanden, ja."

Als er die Hand nach ihr ausstreckte, schlüpfte

sie lachend unter seinem Arm hindurch. „Nach dem Essen.“

Er lächelte, in seinen Augen tanzten belustigte Fünkchen. Er sah herrlich gefährlich aus. „Ich will aber nichts essen.“

„Du musst aber. Sonst geht dir nachher beim Jaucheversprühen die Puste aus.“

„Ich habe gut gefrühstückt. Ein großes, spätes Frühstück.“ Feixend griff er wieder nach ihr, doch sie schaffte es erneut, ihm zu entwischen. „Du bist schnell.“

„Ich weiß.“

Jetzt hatte er sie doch erwischt. Er legte den Arm um ihre Taille und hob sie hoch. „Aber ich bin noch schneller.“

Es verblüffte sie festzustellen, dass er sie mit einem Arm hochheben konnte. Sie fand es verwirrend und erregend zugleich. „Nur weil ich es zugelassen habe, dass du mich fängst.“

„Niemals.“ Er küsste sie, dann wirbelte er sie ein paarmal im Kreis herum.

„Mir wird ganz schwindlig.“ Lachend klammerte sie sich an seine Schultern.

„Gut so.“ Wieder wirbelte er sie herum, noch schneller als zuvor, und ergötzte sich an ihrem fröhlichen Lachen, das ihm plötzlich erregend bekannt vorkam. Ebenso bekannt wie ihr Körper, der sich eng an seinen schmiegte.

„Lass mich runter, du Verrückter. He, John, lass mich runter!“ Alles drehte sich vor ihren Augen. „Das Essen brennt an.“

Sie konnte es schon riechen. Sie würde wieder einmal den Topf endlos scheuern müssen. Sie konnte ihn riechen – er roch nach Schweiß und Rauch und Tieren …

Shane fühlte Panik und noch etwas anderes, das er nicht benennen konnte, in sich aufsteigen. Er setzte Rebecca ab und schüttelte sie leicht. „Rebecca. Was ist?“

„Da war es wieder. Genau wie vergangene Nacht.“ Ihr Gesicht war weiß wie ein Bettlaken, und ihre Stimme klang matt und verträumt …

„Ich habe einen Eintopf auf dem Herd. Jetzt ist er leider etwas angebrannt. Holst du noch ein bisschen Holz fürs Feuer?“ Sie starrte ins Leere und presste sich die Hand auf den Bauch. „Diesmal wird's ein Mädchen, ich spüre es. Johnnie wird eine Schwester bekommen …“

Einen Moment später, fast so, als ob man ein Licht anknipste, wurden ihre Augen wieder klar. „Meine Geräte." Rebecca riss sich von Shane los und rannte ins Wohnzimmer. „Hier, schau her! Schau auf die Skala, was für eine Unmenge an Energie registriert wurde. Viel mehr als letzte Nacht. Und ich spüre sie, ich kann sie deutlich spüren, sie liegt in der Luft."

Er beobachtete schweigend, wie sie ihre Ausrüstung überprüfte, sich konzentriert Notizen machte und schließlich ihr Diktiergerät einschaltete, um das, was sie erlebt und gemessen hatte, auf Band zu sprechen.

Nachdem sie fertig war, schaltete sie den Rekorder wieder aus und seufzte. „Das war unglaublich, absolut unglaublich. In der vergangenen Nacht saß ich in der Küche, und ich konnte direkt beobachten, wie sich der Raum veränderte. Er war kleiner, und im Herd brannte ein Feuer, auf dem Küchenfenster stand Kuchen zum Auskühlen. Und im Stockwerk über mir weinte ein Baby, Shane." Ihre Augen glänzten. „Ich habe das Weinen des Babys auf Band. Ich habe es tatsächlich aufgenommen, kannst du dir das vorstellen?"

Sie presste die Handflächen gegen ihre erhitzten Wangen und lachte. „Ich konnte es selbst kaum glauben, aber nachdem ich es mir mehr als ein Dutzend Mal vorgespielt hatte, blieb mir nichts anderes übrig, als es zu akzeptieren. Um dieses Ereignis gebührend zu feiern, habe ich schließlich den Wein aufgemacht. Ich wollte es dir schon heute Morgen erzählen, aber da hast du mich ja abgelenkt."

„Abgelenkt."

In seinem Ton lag eine Schärfe, die sie aufhorchen ließ. Als sie sein Gesicht sah, wich ihr die Farbe aus den Wangen. Er war blass und wirkte so verschlossen, wie sie ihn noch nie erlebt hatte. Der Blick seiner grünen Augen war hart.

„Worüber ärgerst du dich?"

„Ich kann diesen Unsinn nicht mehr hören", erwiderte er heftig.

„Das ist nicht alles."

„Hör auf, mir mit diesem Kram in den Ohren zu liegen. Das ist ja nicht auszuhalten."

Sie schaute ihn forschend an. „Du bist nicht wütend", stellte sie schließlich fest. „Du hast Angst."

Er kniff die Augen zusammen. „Ich habe zu tun."

Als er Anstalten machte, das Zimmer zu verlassen, stürzte Rebecca auf ihn zu und hielt ihn am Arm fest. „Du hast mir versprochen, mich bei meiner Arbeit zu unterstützen, Shane."

„Vergiss es." Er schüttelte ihre Hand ab. „Lass mich in Frieden."

Sie verstellte ihm den Weg. „Du hast vorhin genau dieselbe Erfahrung gemacht wie ich. Ich weiß es, ich sehe es dir an."

Seine Geduld war erschöpft. Er streckte den Arm aus, schob Rebecca beiseite und ging zur Tür. „Ich habe gesagt, dass du damit aufhören sollst."

„Wer waren John und Sarah?" Sie atmete auf, als er stehenblieb und sich umdrehte. „Sie hieß Sarah. Wer war sie, Shane? Wo waren wir vor ein paar Minuten?"

„Ich bin genau dieselbe Person wie vor ein paar Minuten auch. Und du bist es ebenfalls. Wenn du vorhast, dieses Spiel noch weiterzuspielen, von mir aus – aber ohne mich."

„John und Sarah", wiederholte sie. „Waren es John und Sarah MacKade? Deine Vorfahren?"

Wortlos ging er hinaus. Rebecca folgte ihm in die Küche. Shane ging steifbeinig zum Kühlschrank, öffnete ihn und holte eine Flasche Bier heraus. Nachdem er mit mehr Kraft, als erforderlich gewesen wäre, den Kronkorken abgehebelt hatte, setzte er die Flasche an die Lippen und trank sie in einem Zug bis zur Hälfte leer. Als Rebecca ihre Frage zum dritten Mal stellte, wirbelte er herum. In seinen Augen loderte Zorn.

„Meine Urgroßeltern. Bist du jetzt zufrieden?"

Sie stieß einen langen Seufzer aus. „Ich verstehe. Und sie haben hier in diesem Haus gelebt, nicht wahr? Sie waren die, die versucht haben, dem jungen Soldaten das Leben zu retten."

„So sagt man."

„Und du hast heute nicht zum ersten Mal so etwas erlebt. Du hattest schon öfter solche Visionen, oder wie auch immer man das bezeichnen soll. Gib's zu."

Er sah, wie sie auf ihren Computer blickte, und biss die Zähne zusammen. „Nein. Nein, ich will verflucht sein, wenn ich mich von dir als Versuchskaninchen missbrauchen lasse."

„Okay. Ist ja gut. Es tut mir leid." Sie ging auf ihn zu und legte ihm die Hand auf den Arm. „Aber ich finde, du solltest wissen, dass ich vor einiger Zeit immer wiederkehrende Träume hatte. Und jetzt weiß ich, dass ich damals von diesem Haus hier geträumt habe und von diesen Leuten."

Er setzte die Flasche ab, schweigend. Rebecca wartete einen Moment und fragte sich bang, ob sie zu weit gegangen war. Auf so viel Intimität waren sie möglicherweise nicht vorbereitet. Aber die Flinte ins Korn werfen wollte sie jetzt auch nicht.

„Diese Träume waren der Hauptgrund dafür, dass ich angefangen habe, Untersuchungen auf diesem Gebiet anzustellen. Sie waren – sind – so real, Shane. Ich habe diesen Raum hier gesehen, das Haus. Wie es vor mehr als hundert Jahren war. Und John und Sarah. Ich könnte sie dir genau beschreiben. Ich weiß nicht, ob du vielleicht alte Fotos von ihnen hast, die das, was ich im Traum gesehen habe, untermauern könnten. Ich kann dir sogar sagen, was sie gedacht und gefühlt, was sie sich gewünscht haben. Und ich bin überzeugt davon, dass es dir genauso geht."

„Nein", gab er kategorisch zurück. Es klang endgültig. Aber es war eine Lüge. Sie spürte es deutlich. „Ich habe so etwas noch nie erlebt und glaube nicht an diesen ganzen Unsinn."

Frustriert hob sie die Hände. „Glaubst du, dass ich mir das alles nur einbilde? Dass ich einfach nur maßlos übertreibe? Vielleicht um mich wichtig zu machen oder so?"

„Ich glaube einfach nur, dass in deinem superschlauen Köpfchen ein paar Dinge wild durcheinanderlaufen." Seine Kehle war plötzlich wie ausgetrocknet. Er trank noch einen Schluck Bier. „Ich halte mich lieber an die Realität."

Sie hätte ihm jetzt sagen können, dass er sich etwas vormachte, dass er versuchte, etwas zu verdrängen, aber sie wusste, dass er sich dann nur noch mehr vor ihr verschließen würde. Du brauchst Geduld, entschied sie. Wenn sie nur genug Geduld und Verständnis aufbrachte, würde er vielleicht eines Tages bereit sein, sich ihr zu öffnen.

„Na gut. Vergessen wir das Thema erst mal. Vielleicht hast du ja irgendwann mal Lust, darüber zu sprechen."

„Du bist nicht mein Analytiker."

„Nein, das bin ich nicht."

Es klang so vernünftig, dass erneut Wut in ihm aufstieg. Er knallte die Bierflasche auf den Tisch. „Ich will mit dir schlafen, verstehst du? Das ist alles, was ich will, und alles, was ich brauche. Einfach nur du und ich, sonst nichts." Er packte sie am Handgelenk und zerrte sie aus der Küche. „Träume sind einfach nur Träume, und Geister gibt es nur in schlechten Filmen. Also hör endlich auf mit dem Unsinn – und lass dich von mir ablenken, um es mit deinen Worten auszudrücken."

Er zog sie die Treppe hinauf. Im Schlafzimmer

angelangt, ließ er sie los und setzte sich auf die Bettkante, um sich die Stiefel auszuziehen.

Es war ebenso sehr Liebe wie auch Verlangen, was sie dazu veranlasste, auf ihn zuzugehen, die Arme um seinen Nacken zu legen und seinen Kopf zu sich herunterzuziehen.

Sie begann ihn vorsichtig zu streicheln. Als ein Gefühl starker Vertrautheit in ihm aufzusteigen begann, wischte er es beiseite, indem er sich sagte, es käme lediglich daher, weil sie am Morgen schon einmal so beieinandergelegen hatten.

Doch als sie schließlich in den leidenschaftlichen Rhythmus der Liebe verfielen, erschien es ihm, als hätte es weder vor ihr je eine andere Frau gegeben, noch würde es jemals eine nach ihr geben.

9. KAPITEL

Bisher hatte ich auf der Farm drei übersinnliche Erlebnisse. Das letzte während der vergangenen Nacht. Ich verspürte eine unendliche Trauer. Am Bett brannte eine Kerze, und einen Augenblick lang glaubte ich neben dem Fenster eine Gestalt wahrzunehmen, die reglos dastand und in die Nacht hinausblickte. Während ich die Trauer in mir fühlen konnte, sah ich sie bei dieser anderen Person. Die Gestalt war von ihrer Trauer eingehüllt wie von einer Aura. Zuerst dachte ich, es handle sich um Shane, und wollte schon aufstehen, um zu ihm zu gehen. Aber er lag schlafend neben mir. Und als ich den Blick wieder aufs Fenster richtete, war niemand mehr da.

Plötzlich wusste ich, dass ich wieder Sarah und John gesehen hatte. Ihr Sohn war tot. Ich wusste es schon, bevor Shane begann, sich ruhelos neben mir im Bett hin und her zu werfen. Er hat dieselben Träume wie ich, aber er weigert sich, darüber zu sprechen. Die Menschen, die früher hier gelebt haben, sind ein Teil von ihm, in gewisser Weise sind sie wohl nie von hier weggegangen. Nicht nur, dass ihr Blut durch seine Adern fließt, auch ihr Geist ist Teil seines Geistes. Ich frage mich allerdings, warum sie auch ein Teil von mir zu sein scheinen."

Als sie das freudige Bellen der Hunde und Stimmen hörte, speicherte Rebecca rasch ihren Text und schaltete den Computer aus. Nur wenig später kam Devin, zwei Jungen und die Hunde im Gefolge, zur Küchentür herein.

„Entschuldigen Sie, wenn ich Sie bei der Arbeit störe. Wir wollten nicht so einfach reinplatzen."

„Das macht doch nichts." Sie strich den Hunden, die schwanzwedelnd zu ihr kamen, über den Kopf. „Ich war gerade fertig und wollte sowieso eine Pause machen."

„Cassie kommt mit den anderen Frauen nach. Sie scheint zu glauben, dass ihr hier am Verhungern seid." Er stellte ein Kuchenblech auf dem Tisch ab. „Ein Apfelkuchen."

„Cassies Apfelkuchen schmeckt toll", erklärte Bryan. Sich offensichtlich ganz zu Hause fühlend, inspizierte er den Kühlschrank.

„Schreiben Sie ein Buch?" Connor kam etwas zögernd heran, den Blick auf den Laptop geheftet.

„Im Moment sitze ich erst an den Vorarbeiten. Benutzt du auch einen Computer?"

Er betrachtete den nagelneuen Laptop mit blankem Neid. „In der Schule manchmal. Aber der ist nicht halb so gut wie Ihrer."

„Sind da Spiele drauf?", erkundigte sich Bryan.

Rebecca lachte. „Nein."

Bryan verlor umgehend das Interesse und schaute begehrlich auf den Kuchen.

„Vergiss es", warnte Devin ihn, als er bemerkte, was der Junge gerade im Sinn hatte. Dann wandte er sich erneut an Rebecca. „Wir wollten Shane beim Heumachen helfen."

„Oh." Sie schaute zum Fenster hinaus. „Ich glaube, er ist schon draußen auf dem Feld."

„Los, Jungs, lasst uns gehen. Wir werden jetzt euren Onkel suchen und ihm helfen. Ihr stört Dr. Knight nur."

Sie folgte den dreien nach draußen auf die Veranda. „Darf ich Sie etwas fragen, Devin?"

„Aber selbstverständlich."

„Haben Sie hier jemals übersinnliche Erfahrungen gemacht?"

„Sie wollen wissen, ob es meiner Meinung nach hier spukt? Aber sicher."

Sie schüttelte den Kopf. „Sie sagen das so ganz nebenbei, als wäre es nichts Besonderes, sondern das Selbstverständlichste der Welt."

„Ich bin damit aufgewachsen, man gewöhnt sich daran."

„Nicht jeder."

Er folgte ihrem Blick hinüber zu der großen Wiese, wo Shane eben mit seinem Traktor angefahren kam. „Shane ist ein harter Bursche."

„Ja. Er weigert sich aber einfach strikt, bestimmte Dinge zur Kenntnis zu nehmen."

„Dabei ist er im Grunde genommen der Sensibelste von uns." Devin grinste wieder. „Aber sagen Sie bloß nichts zu ihm. Er schlägt mir dafür die Nase blutig. Doch es stimmt wirklich. Da hat der Junge sein ganzes Leben auf der Farm verbracht und leidet noch immer wie ein Hund, wenn eins seiner Tiere krank wird oder gar stirbt. Hier in diesem Haus stecken eine Menge alter Gefühle. Manchmal kommt es mir so vor, als zöge vor allem Shane sie auf sich wie ein Magnet."

„Vielleicht weil er hier lebt."

„Weil er das Haus liebt", entgegnete Devin schlicht. „Jeden Stein und jedes Stück Erde, das hier liegt. Oder können Sie ihn sich woanders vorstellen als hier?"

Sie ließ den Blick über die Wiese schweifen und lächelte. „Nein. Nein, das kann ich nicht."

Devin sah sie nachdenklich an. Sie war anders als alle, deren Herz Shane im Sturm erobert hatte. Er bezweifelte, dass sie am Ende unverletzt von dannen ziehen würde. „Ich sollte ihm jetzt wohl besser ein bisschen zur Hand gehen."

Während Devin über die Wiese schlenderte, sagte er sich, dass er gut daran tun würde, sich nicht in Shanes Angelegenheiten einzumischen. Und daran hielt er sich auch während der nächsten halben Stunde. Die beiden Brüder arbeiteten schweigend, bis Shane schließlich den lauten Traktormotor ausschaltete.

„Kommen Rafe und Jared auch?"

„Sie müssten schon unterwegs sein."

Shane nickte und warf einen Blick zum Himmel. „Es wird bald anfangen zu regnen. Wir haben wahrscheinlich nicht mehr als zwei Stunden, um das Heu einzufahren." Sein Blick schweifte zum Haus und verweilte dort.

„Verdammt noch mal, Shane." Devin konnte nicht länger an sich halten. Er zog ein Tuch aus der Tasche und wischte sich den Schweiß von der Stirn. „Du schläfst mit ihr."

„Mit wem?"

„Hör auf, mich für dumm zu verkaufen. Gibt es

hier herum nicht genug Frauen, mit denen du dich vergnügen kannst? Warum, zum Teufel, musst du dich ausgerechnet an Regans Freundin vergreifen? Sie ist außerdem sowieso nicht dein Typ."

Shane versuchte, seine aufkommende Wut im Zaum zu halten. „Wie kommst du denn bloß darauf? Du hast immer behauptet, ich hätte keinen bestimmten Typ."

„Du weißt genau, was ich meine. Rebecca ist eine ernsthafte Frau. Und ernsthafte Frauen haben ernsthafte Gefühle. Wenn sie noch nicht verliebt ist, kann es auf jeden Fall nicht mehr lange dauern. Und was willst du dann machen?"

Shane hatte es bisher immer verstanden, sich aus seinen Beziehungen zurückzuziehen, ehe er zu viel Schaden anrichten konnte. Er wollte niemandem wehtun. Aber er wusste sehr gut, dass mit Rebecca alles anders war.

„Das geht nur mich etwas an, kapiert? Mich und Rebecca. Ich habe mich ihr nicht aufgedrängt."

Um unwillkommenen Ratschlägen aus dem Weg zu gehen, ließ er den Motor wieder an.

Er hatte keine Lust, dieses Thema weiter zu vertiefen, und ganz bestimmt würde er sich nicht den Kopf darüber zerbrechen. Er würde tun, was er immer getan hatte, und das hieß in diesem Moment, das Heu einzubringen, bevor es anfing zu regnen. Alles andere war erst mal zweitrangig.

Er war dankbar, als der Rest der Familie eintrudelte. Er konnte die Hilfe gut gebrauchen, und im Übrigen bedeutete es, dass alle viel zu beschäftigt waren, um ihn mit Fragen nach seinem Privatleben zu nerven. Und ein Mann hatte schließlich ein Anrecht auf sein Privatleben.

„Ganz schön anstrengend." Rafe holte tief Luft, wischte sich den Schweiß von der Stirn und trank einen kräftigen Schluck aus der Wasserflasche. „Ich habe Rebecca noch gar nicht begrüßt. Was macht die Geisterjagd?"

„Sie nimmt sie schwer in Anspruch." Shane stemmte einen Heuballen hoch. „Dafür, dass es nur ein Hobby von ihr ist, betreibt sie die Sache ganz schön intensiv."

„Na ja, manche Leute spielen Golf, sie geht auf Gespensterjagd", warf Jared ein.

„Golfspielen ergibt zumindest noch einen Sinn. Wenn man den kleinen Ball ins Loch schießt, hat man gewonnen."

„Ich glaube, für sie ist es wie ein Puzzle."

„Dann sollte ich ihr vielleicht lieber ein richtiges kaufen, das macht wahrscheinlich mehr Spaß", meinte Shane.

„Es passt dir wohl nicht, was sie da treibt, wie?" Rafe grinste amüsiert und drehte seiner Arbeit den Rücken zu. „Hast du in letzter Zeit womöglich Kettenrasseln gehört? Oder ein Stöhnen nicht erkennbaren Ursprungs?"

„Du kannst mich mal."

„Und wie läuft's sonst?", versuchte Jared, der einen Streit witterte, abzulenken. Die ersten Regentropfen fielen bereits, und sie hatten noch einiges vor sich. „Schließlich ist es das erste Mal seit Moms Tod, dass du mit einer Frau in einem Haus zusammenlebst. Fühlst du dich eingeengt?"

Um Shanes Mundwinkel zuckte es verräterisch. „Das könnte ich nicht behaupten."

„Ah – zum Teufel." Rafe hatte Shanes Blick aufgefangen und ließ den Heuballen fallen, den er eben hochgestemmt hatte. „Du schläfst mit ihr."

„Steht mir das auf der Stirn geschrieben oder was?"

„Kannst du nicht ein einziges Mal deine Hosen oben lassen?" Rafe ließ angewidert den Heuballen von der Schulter rutschen. „Regan fühlt sich für sie verantwortlich."

Shane verspürte Schuldgefühle in sich aufsteigen. Das machte ihn wütend. „Warum, zum Teufel, sollte sich irgendwer für sie verantwortlich fühlen? Sie ist eine erwachsene Frau. Hört auf, euch da einzumischen. Es geht niemanden etwas an außer sie und mich.“

„Alles, was Regan betrifft, betrifft auch mich. Und Rebecca geht Regan etwas an. Was weißt du denn schon von ihr? Du hast doch keinen Schimmer, wie sie aufgewachsen ist.“

„Na und?“ Plötzlich interessierte sich Shane weder für Regan noch für seine Arbeit. Wütend starrte er seinen Bruder an. „Sie hat einen Verstand, und den benutzt sie.“

„Das ist auch alles, was man ihr in ihrem bisherigen Leben zu benutzen erlaubt hat. Sie hat doch mit ihren Erfahrungen überhaupt keine Chance gegen dich.“

„Worum geht's denn eigentlich?“ Devin war vom Heuboden heruntergeklettert und gesellte sich jetzt zu seinen beiden Brüdern. Der Regen wurde immer stärker. „Bringen wir das Heu rein, bevor es völlig durchnässt ist, oder soll es lieber draußen bleiben?“

„Halt du dich da raus“, wiederholte Shane und

starrte Rafe finster an, ohne Devin zu beachten. „Mein Privatleben geht niemand was an."

Jared seufzte. „Sieht so aus, als würden wir heute nicht mehr fertig."

„Geht es um Rebecca?" Interessiert rupfte sich Devin einen Halm aus einem Heuballen und kaute darauf herum. „Scheint so, als hätte er sich in sie verknallt."

„Ich bin nicht verknallt."

„Lächerlich. Sie hatte doch noch nicht mal ihre Tasche ausgepackt, da bist du ihr schon hinterhergestiegen. Ich hätte dir schon gleich damals einen Kinnhaken verpassen sollen."

Shane kniff die Augen zusammen. „Hol's doch jetzt nach, du Feigling. Ihr seid doch alle feige hier. Aber immer wisst ihr alles besser. Ich lebe mein Leben so, wie ich es für richtig halte, da könnt ihr euch auf den Kopf stellen. Also spart euch eure guten Ratschläge und …"

Rebecca beobachtete die vier Männer vom Küchenfenster aus. Sie war verwirrt. Zuerst sah es so aus, als würden sie ernsthaft über etwas diskutieren – irgendein Problem mit dem Heu vielleicht –, doch jetzt wurde sie den Verdacht nicht los, es wäre ein heißer Streit entbrannt.

„Da draußen ist irgendetwas los“, sagte sie in den Raum hinein, und Savannah, das Baby auf dem Arm, gesellte sich zu ihr ans Fenster.

„Oh, sie beruhigen sich schon wieder.“

„Was haben sie denn?“

„Keine Ahnung.“ Savannah schüttelte den Kopf und rief Regan und Cassie, die sich am Herd zu schaffen machten, herbei. „Kommt mal her und seht euch das an, unsere Jungs machen sich zum Kampf bereit.“

„Kampf?“ Schockiert sah Rebecca Savannah an. „Heißt das etwa, dass sie beabsichtigen, sich zu prügeln? Sie wollen sich wirklich schlagen? Aber warum denn, um Himmels willen?“

Regan ging zur Küchentür und öffnete sie. „Ach, das machen sie eben von Zeit zu Zeit.“

„Glaubst du, man kann sie noch davon abbringen?“, fragte Cassie. „Wir können es vers…“

„Nein“, beendete Regan ihren Satz. Der erste Treffer hatte sein Ziel erreicht. „Zu spät.“

Mit schreckgeweiteten Augen beobachtete Rebecca, wie Shanes Arm vorschnellte und seine Faust in Rafes Gesicht landete. Einen Moment später wälzten sich die beiden auf dem Boden. „Aber … aber …“

„Hoffentlich sind genug Eiswürfel im Eisfach.“

Cassie wandte sich ab und eilte zum Kühlschrank hinüber.

„Jared und Devin stehen einfach nur daneben und schauen zu", sagte Rebecca entsetzt.

„Nicht mehr lange", prophezeite Savannah.

Wie auf ein Stichwort bückte sich Devin. Falls er die Absicht gehabt haben sollte, dem Kampf ein Ende zu machen, war es ihm jämmerlich missglückt. Nun wälzten sich drei Männer auf dem vom Regen aufgeweichten Erdboden.

„Das ist ja lächerlich."

Rebecca ging entschlossen zur Tür. Mittlerweile wälzten sich vier Männer im Schmutz.

Es war für sie nicht erkennbar, wer da eigentlich gegen wen kämpfte. Alles, was sie sah, waren Arme, Fäuste, Körper. Alles, was sie hörte, waren Schimpfworte und Flüche. Eine Schlägerei kannte sie bisher nur aus dem Fernsehen.

„Will denn niemand von euch einschreiten? Schließlich handelt es sich um eure Ehemänner."

„Nun", Savannah streichelte Miranda den Rücken, „wir könnten wetten, wer gewinnt. Ich setze fünf Dollar auf Jared – aus Loyalität."

Verdutzt sah Rebecca die Frauen an. „Du lieber Himmel, ihr seid ja genauso schlimm wie sie." Sie straffte die Schultern. „Ich gehe und setze der Sache ein Ende. Und zwar sofort."

Nachdem Rebecca die Küche verlassen hatte, zwinkerte Savannah Regan zu. „Es hat sie ganz schön erwischt, oder was meinst du?"

„Ich befürchte es. Es macht mir Sorgen."

„Ich denke, sie ist gut für ihn", schaltete sich Cassie ein. „Und er ist gut für sie. Beide scheinen sie jemanden zu brauchen, auch wenn sie es noch nicht wissen."

Das Einzige, was Rebecca im Moment wusste, war, dass sich diese vier erwachsenen Männer benahmen wie die Kinder und auf dem schlammigen Boden aufeinander einschlugen.

Als sie am Ort des Geschehens angelangt war, war sie völlig durchnässt. Sie schüttelte den Kopf über das Bild, das sich ihr bot. Die Hunde rasten schwanzwedelnd und aufgeregt bellend um die vier sich im Dreck wälzenden Männer herum.

„Aufhören!" Das bewog zwar die Hunde, stehen zu bleiben, nicht aber die Männer, innezuhalten. Fred und Ethel setzten sich gehorsam mit heraushängenden Zungen hin. „Ich habe gesagt, ihr sollt aufhören, und zwar sofort!"

Jared machte den Fehler, den Kopf zu heben, wofür er mit einem Ellbogen, der gegen sein Kinn donnerte, belohnt wurde. Er revanchierte sich dafür, indem er seine Faust in den Bauch rammte, der ihm am nächsten war.

Missbilligend stemmte Rebecca die Hände in die Hüften. Die Schimpfworte und Flüche waren verstummt. Die vier Männer lachten.

Wenn sie es wollte, trug ihre Stimme sehr weit. Sie hatte schon viele Vorlesungssäle gefüllt. „Hört sofort auf mit diesem Unsinn und steht gefälligst vom Boden auf. Im Haus sind Kinder, die euch zusehen können. Ihr gebt ein feines Vorbild ab."

Devin, die schmutzige Hand über Rafes nicht weniger schmutzigem Gesicht, schaute auf. „Was?", fragte er.

„Steht auf! Ihr solltet euch schämen!" Mit blitzenden Augen musterte sie alle vier der Reihe nach. „Ich sagte aufstehen. Los, stehen Sie auf." Sie deutete mit dem Finger auf Devin. „Sie sind der Sheriff, um Himmels willen. Sie sind dafür da, Recht und Ordnung aufrechtzuerhalten, und nun wälzen Sie sich hier im Dreck wie ein Halbstarker."

„Ja, Ma'am." Devin schluckte und befreite sich aus dem Gewirr von Armen und Beinen. „Ich weiß wirklich nicht, was in mich gefahren ist."

„Und Sie.“ Jetzt deutete ihr mahnender Zeigefinger auf Jared. „Ein Anwalt. Was haben Sie sich dabei gedacht?“

„Nichts.“ Jared rieb sich seinen geschwollenen Kiefer, ehe er sich aufrappelte. „Absolut nichts.“

„Rafe MacKade.“ Sie hatte das Vergnügen, ihn zusammenzucken zu sehen. „Ein Geschäftsmann und eine Säule der Gesellschaft. Ehemann und Vater. Was glauben Sie, was Sie den Kindern für ein Vorbild sind?“

„Ein schlechtes.“ Rafe räusperte sich und stand auf. Am liebsten hätte er laut aufgelacht, aber er wurde das Gefühl nicht los, dass sie ihn dann womöglich übers Knie gelegt hätte.

„Und du“, fuhr sie nun mit solcher Wut in der Stimme fort, dass Shane beschloss, lieber im Matsch liegen zu bleiben. „Von dir hätte ich wirklich ein bisschen mehr erwartet.“

„Sie klingt wie Mom“, meinte Shane, und seine Brüder nickten respektvoll. „He, ich hab nicht damit angefangen.“

„Typisch. Wirklich ganz typisch. Löst du deine Probleme immer so?“

Er wischte sich Schmutz aus dem Gesicht. „Ja.“

„Das ist erbärmlich. Ihr alle seid erbärmlich.“

Drei Männer scharrten mit den Füßen im Dreck. Shane grinste verlegen.

„Gewalt ist keine Antwort. Nie. Es gibt kein Problem, das man nicht mit dem Verstand und einem Gespräch aus der Welt schaffen könnte."

„Wir haben miteinander gesprochen", gab Shane zurück und erntete einen bösen Blick.

„Ich erwarte, dass ihr euch wieder wie zivilisierte Menschen aufführt. Wenn ihr euch nicht zügeln könnt, müsst ihr eben Abstand voneinander halten."

„Ist sie nicht himmlisch?" Shanes Tonfall bewog seine Brüder, ihn überrascht anzusehen. „Habt ihr schon mal eine Frau wie sie kennengelernt?", schwärmte er strahlend. „Komm her und gib mir einen Kuss, Schätzchen."

„Wenn du denkst, du kannst dich über mich …" Sie stieß einen Schrei aus, als er sie zu sich herunter auf den Boden zog. „Du Idiot! Du hirnloser …"

Dann lag sie auf dem Rücken, und ein nasser, muskulöser Mann lag über ihr. Lachend drückte er ihr einen Kuss auf den Mund. „Sie ist das süßeste Ding, das ich jemals kennengelernt habe."

Er küsste sie wieder, während sie spürte, wie der Schlamm ihre Bluse durchnässte.

„Geh runter von mir, du Affe!" Sie bäumte sich

auf, zappelte und gab ihm dann eine schallende Ohrfeige.

„Gewalt." Jetzt wurde er von Lachen geschüttelt. „Sie hat Gewalt angewandt. Sie hat ihr Problem nicht mit dem Verstand und einem Gespräch gelöst."

Ihre Faust traf daneben und streifte lediglich sein Ohr, ehe sein Mund sie erneut ablenkte.

Und dann küsste er sie mit aller Leidenschaft. Dicke Regentropfen platschten auf sie nieder, doch sie nahmen von diesem Umstand ebenso wenig Notiz wie davon, dass man sie mit großem Interesse beobachtete.

Rafe grinste in sich hinein. „Ich will verdammt sein. Sie hat ihn am Haken."

„Sieht ganz danach aus." Devin rieb sich sein blutiges Kinn an seiner schlammverschmierten Schulter. „Ich habe noch nie gesehen, dass er eine Frau so angeschaut hat wie sie. Glaubst du, dass er es weiß?"

„Mir scheint, sie wissen es beide nicht." Jared wischte sich eine Haarsträhne aus der Stirn.

„Das wird ein Riesenspaß." Rafe hakte seine Daumen in die Hosentaschen und beobachtete grinsend, wie sein Bruder mit Rebecca am Boden rangelte. „Der Sündenfall des Shane MacKade."

„Meint ihr, wir sollten reingehen und sie allein lassen?“ Devin legte beim Nachdenken den Kopf leicht schräg. „Oder sollen wir ihm noch eins verpassen?“

Rafe betastete behutsam mit dem Finger sein Auge. Shanes Fausthieb war nicht von schlechten Eltern gewesen. Er würde besser daran tun, sich aus weiteren Aktivitäten herauszuhalten, ins Haus zu gehen und das Auge mit Eis zu kühlen.

„Ich hätte nichts dagegen, aber ich vermute, sie würde sich gleich wieder einmischen.“

„Sie werden sich eine Lungenentzündung holen.“ Jared wiegte bedenklich den Kopf.

„Nicht bei der Hitze“, widersprach Devin und bedeutete seinen Brüdern, ihm ins Haus zu folgen.

Rebecca gelang es, sich von Shane freizumachen, und rappelte sich auf. So würdevoll wie möglich wischte sie sich den Schlamm von ihrer ruinierten Hose und fuhr sich durchs Haar.

„Idiot.“ Sie schoss ihm einen wütenden Blick zu, warf den Kopf in den Nacken und ließ ihn stehen.

Am Ende versuchte Shane es mit Blumen. Nachdem das Abendessen vorüber war und das Haus sich geleert hatte, ging Shane mit einer Taschenlampe hinaus in den Regen und pflückte einen großen Strauß Wildblumen.

Als er zurückkehrte, saß Rebecca am Küchentisch vor ihrem Laptop. Sie schaute auf und warf ihm einen von diesen kühlen Blicken zu, mit denen sie ihn schon den ganzen Abend über bedacht hatte.

Er legte die nassen Blumen auf den Tisch und setzte sich neben sie. „Noch böse?"

„Ich bin nicht böse." Sie fühlte sich beschämt, und das war viel schlimmer.

„Willst du mich noch mal ohrfeigen?"

„Bestimmt nicht."

„Es war doch nur Schlamm." Er zog ihre Hand an die Lippen. „Stand dir gut."

Sie wollte ihre Hand wegziehen, aber er hinderte sie daran. „Ich versuche zu arbeiten."

Er griff nach dem Strauß und hielt ihn ihr hin. „Ich bin verrückt nach dir."

Sie stieß einen tiefen Seufzer aus. War es wirklich so wichtig, in jeder Situation Haltung zu bewahren, koste es, was es wolle? „Wenn man bei strömendem Regen Blumen pflückt, muss man tatsächlich ziemlich verrückt sein."

„Bei meiner Mutter hat es auch immer funktioniert. Du hast mich heute sehr stark an sie erinnert, weißt du das eigentlich? Obwohl sie ein bisschen unsanfter mit uns umgesprungen ist. Wenn sie dazwischengegangen ist, fühlten wir uns hinterher jedes Mal ein paar Zentimeter kleiner."

Rebecca konnte nicht widerstehen, steckte ihre Nase in den Strauß und atmete den Duft der Wildblumen tief ein. „Sie muss eine sehr außergewöhnliche Frau gewesen sein."

„Sie war großartig", gab Shane schlicht zurück. „Sie und mein Vater waren die besten Eltern, die man sich vorstellen kann. Sie waren immer für uns da." Er streckte die Hand aus und fuhr Rebecca mit dem Zeigefinger über die Wange. „Deshalb fühle ich mich auch nie wirklich einsam."

Sie stand auf und schob ihren Stuhl zurück. „Besser, ich stelle sie gleich ins Wasser", sagte sie und deutete auf die Blumen. „Sonst verwelken sie noch."

Ihm wurde klar, dass sie nicht die Absicht hatte, von sich zu erzählen, auch wenn er mit seiner letzten Bemerkung versucht hatte, das Gespräch in diese Richtung zu lenken. „Rebecca ...", begann er, aber sie unterbrach ihn sofort.

„Warum hast du dich denn mit deinen Brüdern geprügelt?" Sie lenkte ihn schnell ab, weil sie ahnte, worauf er hinauswollte.

„Ach, nur so." Dann aber fasste er einen Entschluss. Offenheit gegen Offenheit. „Deinetwegen."

Überrascht sah sie ihn an. „Meinetwegen? Du machst wohl Witze, was soll das denn heißen, meinetwegen?“

„Nein. Aber es war keine große Sache. Rafe hat irgendwas gesagt, das mich auf die Palme gebracht hat. So geht es immer bei uns.“

Er kam zu ihr herüber und nahm einen Glaskrug aus dem Schrank. „Sie denken, dass ich dich ausnutze.“

„Ich verstehe.“ Aber sie verstand nicht. Sie nahm ihm die Vase aus der Hand und füllte sie mit Wasser. Dann begann sie mit ihrer üblichen Sorgfalt, die Blumen zu arrangieren. „Du hast ihnen erzählt, dass wir miteinander schlafen.“

„Das war nicht nötig.“ Er wusste, was sie dachte. Schlafzimmergespräche unter Männern, Augenzwinkern und verständnisinnige Rippenstöße. „Rebecca, ich habe nie ein Sterbenswörtchen darüber verlauten lassen, das schwöre ich dir. Aber meine Brüder kennen mich einfach zu gut. Sie haben es alle sofort erraten.“

Vielleicht hätte er etwas erzählt, wenn es sich nicht um sie, sondern um eine andere Frau gehandelt hätte. Das lag durchaus im Bereich des Möglichen.

Er war kein Mann, der mit seinen Frauenbekanntschaften herumprahlte, aber zwischen ihm und seinen Brüdern hatte es in dieser Hinsicht nie Geheimnisse gegeben. Seltsamerweise hielt er jedoch seine Gefühle für Rebecca strengstens unter Verschluss. Er wusste selbst nicht, warum es bei ihr anders war.

Und wenn sich Rafe oder sonst wer unter anderen Umständen bemüßigt gefühlt hätte, ihm die Leviten zu lesen, wäre ihm das wahrscheinlich herzlich gleichgültig gewesen. Doch diesmal betraf es Rebecca, und das hatte ihn geschmerzt …

„Was, zum Teufel, ist das nur?“, fragte er.

„Ich würde sagen, Kaffee.“

„Was?“ Er sah in den Becher, den er, ohne es zu merken, in die Hand genommen hatte. „Das meine ich nicht. Nein, ich war mit meinen Gedanken woanders. Hör zu, es war keine große Sache. Unser Kampf, meine ich. So regeln wir unsere Meinungsverschiedenheiten immer.“ Er lächelte. „Es macht Spaß, ab und zu ein bisschen Dampf abzulassen.“

„Aha.“ Sie stellte die Vase auf den Tisch.

„Ich empfinde etwas für dich.“ Shane lauschte erschrocken seinen Worten nach, die ihm unbeabsichtigt über die Lippen gekommen waren. Schockiert hob er den Becher und leerte ihn in einem Zug. „Ich glaube, ich wollte nur nicht, dass irgendjemand denkt, ich wäre nur scharf darauf, dich ins Bett zu zerren."

Wärme durchflutete sie. Eine gefährliche Wärme. Liebe. Sie wartete einen Moment, dann sagte sie: „Wir wissen beide, dass es nicht so ist."

„Du bist nicht ganz auf dem Laufenden. Ich wollte dich. Natürlich war ich hinter dir her."

„Und ich hab's dir schwer gemacht?"

„Darum geht es nicht." Sie lächelte, aber es gelang ihm nicht, ihr Lächeln zu erwidern. „Ich war schon hinter vielen Frauen her."

„Prahlst du jetzt?"

„Nein, ich …" Shane fing sich wieder. Er entdeckte in ihren Augen sowohl Belustigung als auch Verständnis und dann aber noch etwas anderes, mit dem er nichts anfangen konnte. „Ich vermute mal, ich will damit sagen, dass wir nicht zwangsläufig so weitermachen müssen … ich meine … wenn du dir vielleicht alles noch einmal durch den Kopf gehen lassen willst …"

Sie unterdrückte ihre Angst, doch ihre Stimme zitterte. „Ist es das, was du möchtest?"

Ohne sie aus den Augen zu lassen, schüttelte er langsam den Kopf. „Nein. Nein, ganz bestimmt nicht. Ich kann mir im Moment nichts vorstellen, was ich lieber hätte als dich. Schon allein dich anzuschauen erregt mich."

Die Wärme kehrte zurück, pulsierte durch ihre Adern, breitete sich aus. Rebecca durchquerte die Küche und ging auf ihn zu. Bei ihm angelangt, legte sie ihm die Arme um den Nacken. „Und worauf wartest du dann noch?"

10. KAPITEL

Es war fast schon wieder Melkzeit. Als Rebecca bewusst wurde, dass sie begann, den Tag nach Farmerspflichten einzuteilen, lächelte sie in sich hinein. Kopfschüttelnd hämmerte sie ihren nächsten Satz in die Tastatur.

Warum nur hatte sie ihr ganzes Leben bisher damit zugebracht, die Nase in wissenschaftliche Bücher zu stecken und irgendwelche Thesenpapiere zu verfassen? Dabei war es so befreiend, starke Gefühle zu empfinden und der Fantasie freien Lauf zu lassen. Mittlerweile konnte sie sich sogar vorstellen, irgendwann einmal einen Roman zu schreiben.

Bei diesem Gedanken musste sie lachen. Als das Telefon läutete, griff sie geistesabwesend nach ihrer Kaffeetasse und dem Hörer gleichzeitig.

„Hallo?"

„Dr. Rebecca Knight, bitte."

Sie versteifte sich, dann befahl sie sich, sich zu entspannen. War es wirklich so überraschend, dass ihre Mutter ihre Stimme nicht erkannte? „Ich bin am Apparat, Mutter. Wie geht es dir?"

„Aber Rebecca, wo steckst du denn? Ich hatte dich eigentlich in New York vermutet."

„Nein, dort bin ich nicht." Sie hörte, wie die Küchentür geöffnet wurde, und schaffte es, Shane ein – wenn auch ein wenig steifes – Lächeln zuzuwerfen. „Ich verbringe einige Zeit in Maryland."

„Eine Vorlesungsreise? Du hast mir ja gar nichts davon erzählt."

„Nein. Keine Vorlesungsreise." Sie sah ihre Mutter vor sich, wie sie erstaunt die Stirn runzelte. „Ich betreibe ein paar … Nachforschungen."

„Nachforschungen? In Maryland? Worum geht es denn?"

„Um die Schlacht von Antietam."

„Aha. Findest du nicht, dass dieses Thema bereits erschöpfend behandelt worden ist?"

„Ich betrachte es aus einem anderen Blickwinkel." Sie rückte ein bisschen beiseite, sodass Shane an die Kaffeekanne kam, aber sie schaute ihn nicht an. „Kann ich etwas für dich tun?"

„Mir scheint eher, ich müsste etwas für dich tun, Rebecca. Was, in aller Welt, ist mit dir los? Ich finde es wirklich höchst merkwürdig, dass du einfach ohne ein Wort verreist. Gib mir wenigstens deine Faxnummer. Ich möchte dir ein Fax schicken."

„Ich wohne bei einem Freund. Hier gibt es leider kein Faxgerät."

„Aber ich bitte dich, Rebecca. Es muss dort doch irgendwo ein Fax geben. Schließlich leben wir nicht mehr im Mittelalter."

Jetzt warf sie Shane einen Blick zu. Er roch nach frischer Erde. „Das nicht direkt", erwiderte sie trocken. „Ich werde sehen, was ich tun kann, und rufe dich dann zurück. Bist du in Connecticut?"

„Nein, ich bin im Moment auf einem Seminar in Atlanta. Du kannst mich im Ritz-Carlton erreichen. Wenn ich nicht da sein sollte, hinterlass mir eine Nachricht."

„Gut. Darf ich fragen, worum es geht?"

„An meiner Universität wird der Lehrstuhl für Geschichte frei. Es wäre eine günstige Gelegenheit für dich. Mit meinen Verbindungen müsste sich da etwas machen lassen. Du solltest dich unbedingt bewerben."

„Ich bin nicht interessiert."

„Mach dich nicht lächerlich, Rebecca."

Sie schloss für einen Moment die Augen. Dieser Ton, dieser keinen Widerspruch duldende Ton eines Einpeitschers hatte sie ihr ganzes Leben lang von Erfolg zu Erfolg gehetzt. Sie musste all ihre Kraft aufwenden, um standhaft zu bleiben.

„Es tut mir leid, aber es ist nun mal so." Woher

kam diese kalte, sarkastische Stimme? „Ich möchte nicht unterrichten, Mutter.“

„Es geht doch überhaupt nicht ums Unterrichten, Rebecca, das weißt du ebenso gut wie ich. Es geht um die Position, die du dann bekleidest …“

„Ich will aber nicht.“ Mit Erschrecken registrierte sie, dass sie ihre Mutter eben unterbrochen hatte. „Aber trotzdem vielen Dank, dass du an mich gedacht hast.“

„Ich bin nicht besonders glücklich über dein Benehmen, Rebecca. Du hast die Verpflichtung, das, was du von Haus aus mitbekommen hast, auch voll zu nutzen, denk daran. Und ein Angebot wie dieses kann deiner Karriere nur förderlich sein.“

„Wessen Karriere?“

Ihre Mutter seufzte. Lang anhaltend und leidend. „Offensichtlich bist du im Moment nicht in allerbester Verfassung. Vielleicht sollten wir deshalb unser Gespräch jetzt beenden. Aber ich setze auf dich und deinen Willen zum Erfolg. Sei so gut und gib mir so schnell wie möglich deine Faxnummer durch. Ich bin im Augenblick etwas in Eile, aber ich erwarte spätestens morgen von dir zu hören. Auf Wiedersehen, Rebecca.“

„Auf Wiedersehen, Mutter.“

Nachdem sie aufgelegt hatte, strahlte sie Shane an. „Na, hast du die Kühe schon ins Bett gebracht?“

„Setz dich wieder hin, Rebecca.“

„Ich sterbe vor Hunger.“ Weil sie Angst hatte vor seiner Berührung, machte sie, dass sie so schnell wie möglich von ihm wegkam, und ging zum Kühlschrank. „Wenn mich nicht alles täuscht, muss hier doch noch irgendwo der Schokoladenkuchen sein, den eine deiner Haremsdamen kürzlich vorbeigebracht hat.“

„Rebecca.“ Seine Stimme war ruhig, doch seine Augen verrieten Besorgnis. Sie presst die Hand auf ihren Magen, als ob sie Schmerzen hätte, dachte er. „Ich finde, du solltest dich jetzt erst mal wieder hinsetzen.“

„Ich kann Kaffee machen. Mittlerweile hab ich kapiert, wie dieses Ding funktioniert.“ Sie griff nach der Kanne, doch Shane kam zu ihr und legte ihr die Hände auf die Schultern. „Was ist los?“ Sie zuckte zurück.

Vorsicht, ermahnte er sich, alarmiert durch den Ausdruck, der in ihren Augen lag. Sie schien am Ende zu sein. „Aus Connecticut kommst du also.“

Sie zögerte einen Moment, dann zuckte sie die Schultern. „Meine Eltern leben dort.“

„Und du bist dort aufgewachsen?“

„Nicht direkt. Ich war nur in den Schulferien dort. Sonst war ich immer im Internat. Den Kaffee kann man nicht mehr trinken“, fügte sie mit einem Blick auf die Kanne unvermittelt hinzu. „Er steht schon seit Stunden auf der Wärmplatte. Ich habe doch gesagt, dass ich frischen mache.“

„Was war es denn, das dich so aufgeregt hat, Baby? Was hat sie gesagt?“

„Nichts. Gar nichts.“ Sie wollte sich aus seinem Griff herauswinden, doch er ließ sie nicht los. In seinen Augen lag ein Ausdruck von Geduld und Besorgnis. „Sie wollte mir an ihrer Universität eine Stelle zuschanzen, aber ich bin nicht interessiert. Wir hatten eine kleine Meinungsverschiedenheit. Sie ist nicht daran gewöhnt, dass ich eine eigene Meinung habe.“

Im Grunde genommen ganz simpel, dachte er. Zumindest hätte es ganz simpel sein können. Doch an ihrer Reaktion war nichts simpel. Er fand sie vielmehr besorgniserregend. „Du hast nein gesagt.“

„Ja, das habe ich. Aber das interessiert niemanden. Das hat es niemals getan – was ich möchte, zählt nicht. Zumindest habe ich diese Erfahrung bei den seltenen Gelegenheiten gemacht, bei denen ich den Mut aufgebracht habe, nein zu sagen. Vermutlich wird es nicht lange dauern, bis mein Vater anruft, um mich an meine Verpflichtungen und Verantwortlichkeiten zu erinnern."

„Wem bist du denn verpflichtet?"

„Ihnen, meiner Erziehung, meiner Herkunft. Mir wurde immer eingetrichtert, dass ich die Verpflichtung habe, meine Fähigkeiten zu nutzen. Ach komm, lass uns über etwas anderes reden."

Da er den Eindruck hatte, dass sie Bewegungsfreiheit brauchte, ließ er sie los. Ihre Hände zitterten nicht, als sie den Kaffee abmaß, und ihre Miene war undurchdringlich, während sie die Kanne mit Wasser voll laufen ließ.

Doch dann erschauerte sie. „Ich kann es noch gar nicht fassen, dass ich mich tatsächlich widersetzt habe. Weil ich das nie konnte, hatte ich schon als Kind Magengeschwüre."

„Wovon, zum Teufel, sprichst du?"

„Von Magengeschwüren, Migräne, Schlaflosigkeit und einem Nervenzusammenbruch. Wahrscheinlich ist das der Grund, weshalb ich Psychiaterin geworden bin."

Sie sprach offensichtlich nicht zu ihm, deshalb erwiderte Shane nichts.

„Es ist immer viel leichter, einen anderen zu analysieren als sich selbst."

Sie fuhr sich mit beiden Händen durchs Haar. „Diesmal werde ich mich nicht wieder unterordnen. Ich denke überhaupt nicht daran. Diesmal lasse ich mir nichts mehr vorschreiben. Ich werde nur das tun, was mir mein Gefühl rät. Zur Hölle mit ihnen. Zur Hölle mit dem ganzen Kram, der mich zum seelischen Krüppel gemacht hat."

Sie wirbelte herum. Jetzt war ihre Miene nicht mehr undurchdringlich, sondern wütend. Rebecca war so wütend, wie er sie noch nie erlebt hatte. „Kannst du dir eigentlich vorstellen, wie es ist, wenn man vier Jahre alt ist und von einem erwartet wird, dass man Dante auf Italienisch liest? Wie es ist, mit durchgedrücktem Kreuz am Abendbrottisch zu sitzen und chemische Formeln abgefragt zu werden oder über die Renaissance zu diskutieren, auf Französisch natürlich?"

„Nein", sagte er ruhig. „Warum sagst du mir nicht, wie es ist?"

„Schrecklich ist es. Ganz, ganz schrecklich. Die Hölle. Es ist ein Horror, von den eigenen Eltern als ein Gegenstand betrachtet zu werden, der dazu bestimmt ist, irgendwann einmal – je eher, desto besser selbstverständlich – den erwarteten Gewinn abzuwerfen.

Solange du ein Kind bist, kannst du dich gegen dieses Ansinnen nicht zur Wehr setzen, denn du hast ja gelernt zu gehorchen. Doch wenn du älter wirst und in den Spiegel schaust, erstarrst du vor Schreck, was für ein armseliges Wesen dir da entgegenblickt. Und dann fragst du dich, ob dieses Leben eigentlich lebenswert ist."

„Rebecca." Sein Zorn verwandelte sich in echtes Entsetzen.

Ungeduldig schüttelte sie den Kopf. „Du fängst an, es dir auszumalen, immer wieder, vollkommen besessen. Und weil du weißt, dass du clever bist, bist du dir verdammt sicher, dass du den effektivsten, schmerzlosesten Weg finden wirst, dich aus dem Leben davonzuschleichen. Und den saubersten natürlich."

Er brachte kein Wort heraus. Entsetzen war ein viel zu schwaches Wort für das, was er empfand. Diese Frau, diese wunderbare Frau, hatte es in Erwägung gezogen, ihrem Leben ein Ende zu machen.

Sie rieb sich gedankenverloren die Schläfen, hinter denen plötzlich Kopfschmerzen tobten. „Aber du bist zu intelligent und zu gut programmiert, um den letzten Schritt zu tun. Du sagst dir, dass du es immer noch tun kannst, wenn alle Stricke reißen, und entscheidest dich stattdessen – weil du ein praktischer Mensch bist –, die menschlichen Verhaltensweisen zu studieren, und endest als Psychiater."

„Wie alt warst du damals?", brachte er mühsam heraus. „Wie alt warst du, als …"

„Als ich begonnen habe, über die wirksamste Methode, Selbstmord zu verüben, nachzudenken, meinst du?" Ihre Stimme klang ruhig. „Zwölf. Ein gefährliches Alter. Sicher kannst du dich noch daran erinnern, wie empfindsam ein Kind in diesem Alter ist. Aber es ist immer noch leichter, einfach auf der Schiene, auf die man deinen Zug gesetzt hat, weiterzukommen, als Schluss zu machen. Du stolperst von Auszeichnung zu Auszeichnung, bis dir schließlich irgendwann auffällt, dass es nur eine andere Form von Selbstmord ist."

Sie holte tief und zittrig Atem. „Ich bin müde", sagte sie und fuhr sich mit der Hand übers Gesicht. „Sie haben mich so müde gemacht."

Magengeschwüre, ein Nervenzusammenbruch. Meine Güte, Selbstmordgedanken sogar. Was hatten diese Eltern an ihrem Kind verbrochen? Er hätte sie am liebsten in Stücke gerissen.

„Komm her.“ Shane streckte die Hände nach ihr aus und zog sie an sich. Er sehnte sich danach, sie ganz fest zu halten. „Ruh dich ein bisschen bei mir aus.“

„Es geht schon wieder.“

„Das stimmt nicht. Aber es wird nicht mehr lange dauern, bis es so weit ist.“ Dafür würde er sorgen. „Halt dich an mir fest, Baby.“

Das tat sie dann auch, und sie war erstaunt, wie leicht es ihr fiel.

Er rieb seine Wange an ihrem Haar. Sie fühlte sich so zerbrechlich an. Warum hatte er das vorher nie bemerkt? „Es tut mir so leid, Baby“, flüsterte er.

„Es ist vorbei. Jetzt können sie mir nichts mehr tun. Ich bin erwachsen und fälle endlich meine eigenen Entscheidungen. Ich werde versuchen, in Zukunft alles besser zu machen.“

„Du machst es schon sehr gut.“

„Ich will es noch besser machen.“ Sie wich ein Stück zurück. „Entschuldige. Wenn du eine Stunde später gekommen wärst, hätte ich dies alles allein hinter mich gebracht. Es tut mir leid, dich mit meinen Problemen belästigt zu haben.“

„Ich will aber, dass du mir sagst, was du fühlst.“ Er beugte sich zu ihr hinunter und küsste sie zärtlich. „Ich will wissen, wer du bist, Rebecca. Ich habe mir lange genug den Kopf darüber zerbrochen. Du erschienst mir die ganze Zeit wie ein Puzzle, von dem ich glaubte, ich könnte es nie zusammensetzen. Aber ich denke, wir haben jetzt einen Anfang gemacht. Tust du mir einen Gefallen?“

„Was für einen?“

„Ruf deine Mutter nicht zurück. Lass sie warten.“

Sie lächelte. „Das wäre unhöflich.“

„Stimmt. Und?“

„Sie wird sich wieder melden. Und mein Vater auch. Sie …“ Wie zum Beweis begann das Telefon zu klingeln. „Da hast du’s.“

Er verstärkte seinen Griff, ehe sie sich ihm entziehen konnte, um den Hörer abzunehmen. „Ich höre nichts.“

„Das Telefon läutet.“

„Wir haben kein Telefon.“ Um sie zu beruhigen, küsste er sie erneut. Und um selbst ruhig zu werden. „Außerdem sind wir sowieso nicht zu Hause.“

„Wo sind wir denn?“

Er legte die Arme unter ihre Knie und hob sie hoch. „Irgendwo, wo immer du willst.“ Während das Telefon erbarmungslos weiterschrillte, trug er sie aus der Küche.

Im Schlafzimmer angelangt, stellte er sie wieder auf die Füße. Obwohl das Telefon jetzt aufgehört hatte zu läuten, zog er den Stecker aus der Steckdose.

„So einfach geht das."

„Du hast nicht mal einen Anrufbeantworter. Sie werden schäumen vor Wut."

„Gut so." Dabei hätte er liebend gern mit einem ihrer Eltern gesprochen, doch das hatte Zeit. Im Moment gab es Wichtigeres. „Also, wohin möchtest du gehen?"

Rebecca schüttelte verwirrt lächelnd den Kopf. „Ich dachte, wir wären schon da."

„Von hier aus starten wir." Er strich mit dem Finger über die Weste, die sie über ihrem Männerhemd trug. „Auf eine tropische Insel vielleicht? Oder in eine Berghütte? Wir könnten eingeschneit werden. Was hältst du von einer Burg?" Er streifte mit seinen Lippen ihre Augenbraue. „Lass uns einfach so tun als ob."

„Die Fantasie ist oft ein …"

Sein Mund kam näher. „Stell dir einen langen leeren Strand vor, weißer Sand, Palmen. Kannst du den Blumenduft riechen?" Sanft küsste er ihre Lider. „Hörst du die Brandung rauschen? Lass uns hierbleiben. Ich liebe es, wenn der Mond deine Haut in seinem Licht badet." Er knabberte an ihren Lippen, während er ihr die Weste von den Schultern streifte und dann langsam, ganz langsam begann, ihr Hemd aufzuknöpfen. „Schau doch das Mondlicht über dem Wasser, ist es nicht herrlich? Schöne Rebecca." Er umschloss ihre Brüste mit den Händen. „Komm mit mir."

„Wohin immer du willst", antwortete sie leise.

„Hier gibt es niemanden außer uns." Er zog sein Hemd aus. „Und wir haben nichts zu tun, außer uns zu lieben. Ich möchte dich lieben, Rebecca. Nur dich. Tag und Nacht."

Die Worte beruhigten sie. Dass Worte Macht besaßen, wusste sie, doch seine Worte nahmen sie ganz und gar gefangen. Jetzt fühlte sie seine Haut unter ihren Händen, wundervoll glatt und geschmeidig und warm. Sie spürte sein Herz klopfen. Sie hätte schwören mögen, dass sie hörte, wie die Wellen sanft gegen den Strand klatschten.

„Trag mich in die Brandung", flüsterte sie verträumt, während diese herrlichen Hände über ihren Körper glitten. „Ich will auf den Wellen reiten."

„Ja. Deine Haut ist nass und kühl. Glitschig", fügte er hinzu und fuhr fort, sie auszuziehen. „Und sie schmeckt nach Salz." Leise Koseworte vor sich hin murmelnd, legte er sie aufs Bett. „In deinen Augen funkeln die Sterne.“ Er konnte es sehen, weil die Sonne ihre letzten Strahlen ins Zimmer schickte. „Silberne Einsprengsel in dem Gold. Wir können hierbleiben, solange du möchtest.“

Seine Lippen glitten über ihre Augenlider, ihre Wangen, ihren Mund, den er nun mit der Zunge zu erforschen begann. Rebecca entspannte sich, gab sich ihm ganz hin. Jetzt war sie bei ihm. Er wollte ihr zeigen, wie es war, geliebt und zärtlich umsorgt zu werden.

Deshalb waren seine Bewegungen sanft, behutsam und fließend. Voller Liebe. Er verweilte an den Stellen, an denen sie ganz besonders gern berührt wurde, wie er wusste.

Sie trieb dahin. Es hätte Wasser sein können, das über sie hinwegfloss, so geschmeidig waren seine Hände.

Sie stellte sich vor, unter ihr wäre Sand. Das Säuseln des Windes vor den Fenstern verwandelte sich in das Rauschen der Brandung. Die Luft war geschwängert von exotischem Blütenduft, Nachtvögel sangen ihr Lied, und der Vollmond schüttete sein gleißendes silbernes Licht über ihren nackten Körpern aus.

Und er war hier, ihr Geliebter, bei ihr, und hielt sie fest, ganz fest.

„Wo bist du, Rebecca?“

„Bei dir.“

„Bleib bei mir.“

Sie legte die Arme um seinen Nacken.

Er liebte sie endlos, bestimmte das Tempo, er war die Strömung, in der sie sich wiegte. Wenn sie vom Wellenkamm abstürzte, war er da, um sie aufzufangen, dann begann die Reise wieder von vorn. Zu sehen, dass sie sich in ihm verlieren konnte, war die erregendste Erfahrung, die er jemals gemacht hatte. Jeder Seufzer, jedes Stöhnen, jedes Keuchen war für ihn köstlich.

Ihren Namen flüsternd, zog er sie hoch, bis sie eng aneinandergeschmiegt dasaßen. Er musste das Tempo beschleunigen, oder er würde den Verstand verlieren. Gierig suchte er mit seinen Lippen nach ihren Brüsten, saugte an ihren Knospen, bis sie vor Lust den Kopf in den Nacken warf. Als sie seinen Namen laut herausschrie, war es wie Musik in seinen Ohren, Musik, die den stampfenden Rhythmus seines Herzschlags verstärkte.

Er hatte ihr bewiesen, dass sie geliebt wurde. Nun würde er ihr zeigen, wie sehr er sich nach ihr verzehrte.

Plötzlich merkte sie, dass der Sturm aufzog.

Ein heftiger Wind war aufgekommen, die schäumenden Wogen spülten mit Macht über sie hinweg und drohten sie in die dunklen unwägbaren Tiefen zu reißen. Und sie würde es zulassen, solange nur er bei ihr war. Also klammerte sie sich an ihn, und ihr Mund ließ seinen nicht los. Sie schob die Finger in sein Haar und durchwühlte es.

Sie ertrank, sie glaubte zu ertrinken und kostete es in vollen Zügen aus. Irgendwo wie aus weiter Ferne hörte sie ihre eigene Stimme, flehend nach mehr.

Vor den Mond hatten sich schwarze Wolken geschoben, und die Umgebung wurde von grell zuckenden Blitzen erhellt. Donnerschlag krachte auf Donnerschlag. Doch ihn schien nichts davon abhalten zu können, seinen Sturmangriff fortzusetzen. Sie spürte, wie sich seine Muskeln strafften, als er sie ein Stückchen von sich wegschob. Dann legte er sich auf den Rücken.

„Sieh mich an.“ Seine Stimme war heiser. „Sieh mich an. Ich will dir in die Augen sehen.“

Sie öffnete sie und schaute ihn an, schaute in sein schönes Gesicht. „Komm zu mir, Shane. Bitte, ich brauche dich. Jetzt. Sofort.“

„Wer bist du?“

„Die deine“, flüsterte sie und schrie auf, als er sie anhob und auf sich setzte.

Sie bekam keine Luft mehr, war überzeugt davon, dass ihr Herzschlag aussetzte. Sie bog sich zurück, strich sich zitternd über ihre Schenkel, ihren flachen Bauch, ihre Brüste.

Shane hatte noch nie ein schöneres, erregenderes Bild gesehen als Rebecca, die sich in ihrer Lust verlor. Er beobachtete, wie ihr Kopf zurückfiel, sah, wie ihr Körper von rasch aufeinanderfolgenden Erregungsschauern geschüttelt wurde.

Und dann begann sie sich zu bewegen. Erst langsam, dann schneller und schneller. Als er sich nicht mehr länger beherrschen konnte, umklammerte er ihre Hände, stöhnte heiser auf und zog sie mit sich auf den Gipfel der Lust.

Es dauerte einige Zeit, ehe er wieder klar denken konnte. Als er schließlich die Augen öffnete, sah er, dass die Sonne untergegangen war. Die Dämmerung tauchte das Zimmer in weiche Schatten. Noch nie in seinem Leben hatte er eine so große innere Ruhe und Zufriedenheit verspürt wie in diesem Augenblick.

Rebecca lag, die Augen fest geschlossen, erschöpft auf ihm.

„Und wohin willst du jetzt?“

Sie lachte kehlig. „Warum versuchen wir es nicht mal mit der Berghütte? Schnee wäre doch eine nette Abwechslung."

„Guter Gedanke. Nach dem Essen können wir."

„Erst nach dem Essen? Ist das dein Ernst?" Sie hob den Kopf, lächelte ihn herausfordernd an und fuhr mit der Zungenspitze über seine Brustwarze.

„Ah, hör zu, Baby, ich …" Er zog scharf die Luft ein, als sie begann, an seiner Brustwarze zu knabbern. „Vielleicht könntest du mir ein paar Minuten geben, um …" Ihre Hand glitt über seinen flachen Bauch abwärts. Shane stieß einen leisen Fluch aus.

„Du hast schließlich einen Ruf zu wahren", flüsterte sie. Es machte Spaß, einen erschöpften Mann erneut zu verführen. „Mir ist zu Ohren gekommen, dass du angeblich … unersättlich sein sollst."

„Ja, nun. Die Leute übertreiben. Ein bisschen." Zehn Minuten, dachte er. Nein, fünf, verbesserte er sich gleich darauf. Fünf Minuten brauchte er, dann hatte er sich wieder regeneriert. „Hör zu, warum können wir nicht … oh Rebecca, woher weißt du …"

Sie hob lachend den Kopf und schaute ihm tief in die Augen. „Ich habe ein schnelles Auffassungsvermögen."

„Zweifellos. Doch wie auch immer. Was hältst

du von einer Dusche und einem anschließenden Nickerchen? Ich glaube nicht, dass ich dir im Moment viel Gutes tun kann, so ausgelaugt, wie ich bin." Als ihr Mund immer tiefer glitt, schnappte er nach Luft. „Ah, wer weiß, vielleicht komme ich jetzt doch noch zu Kräften."

„Darauf möchte ich wetten."

Später, viel später, standen sie unter der Dusche. Rebecca beobachtete Shane, wie er den Kopf unter den scharfen Strahl hielt. Sie legte von hinten die Arme um ihn und presste ihren Mund auf seinen nassen Rücken.

„Danke."

„Wofür?" Er drehte sich mit der Shampoo-Flasche in der Hand zu ihr um, gab eine kleine Menge auf seine Handfläche und begann ihr mit langsam kreisenden Bewegungen das Haar einzuseifen.

Als ihr der Seifenschaum in die Augen rann, blinzelte sie. „Du musst müde und hungrig gewesen sein, als du vorhin ins Haus kamst. Aber es ist dir dennoch gelungen, mich auf andere Gedanken zu bringen."

„Ja, es war ein verdammt schwieriges Unterfangen. Ich wundere mich noch immer, dass ich es geschafft habe." Belustigt schob er ihren Kopf unter den Wasserstrahl.

„Ich meine es wirklich ernst." Sie prustete und versuchte sich den Seifenschaum aus den Augen zu reiben. Ohne Erfolg. „Du warst großartig. Ich werde es nie vergessen."

„Ja. Das sagen sie alle." Er lächelte, als sie sich zu ihm umdrehte und ihn mit zusammengekniffenen Augen ansah. „War doch nur Spaß."

„Ich nehme an, du weißt, dass die meisten Hausunfälle im Bad passieren."

„Ich habe davon gehört. Also pass gut auf dich auf."

„Du vor allem."

Wieder lachte er und küsste sie. „Aber wenn ich jetzt nicht augenblicklich etwas Anständiges zwischen die Zähne kriege, falle ich tot um."

„Was hältst du davon, wenn ich dir eine Suppe warm mache?"

Er verzog gequält das Gesicht. „Muss das sein?"

Sie schnaufte ungehalten, duckte sich unter seinem Arm hindurch und stieg aus der Duschkabine. „Dann koch dir doch dein Essen selbst."

Sein Lachen verfolgte sie bis ins Schlafzimmer, wo sie eilig in ihre Kleider schlüpfte.

11. KAPITEL

Rebecca wusste, dass sie ihre Abreise nicht mehr lange würde hinausschieben können. Je länger sie blieb, desto mehr gewöhnte sie sich an Shane. Aber sie wusste auch, dass sie noch niemals in ihrem Leben irgendwo so glücklich gewesen war wie hier.

Würde sie es schaffen, diese herrliche Zeit einfach hinter sich zu lassen? Sie würde, entschied sie, während sie durch den Wald hinüber zur Farm wanderte. Sie musste es, und zwar nicht um ihretwillen, sondern wegen Shane. Das war sie ihm schuldig. Die Unverbindlichkeit ihrer Affäre war von Anfang an Teil ihres unausgesprochenen Abkommens gewesen. Was allerdings sie selbst anbetraf, war ihr längst klar geworden, dass sie Shane nie in ihrem Leben vergessen würde.

Und doch wurde es jetzt Zeit zu gehen. Es würde wehtun, sehr weh, aber sie würde es überleben. An einem gebrochenen Herzen starb man nicht.

Trotz alledem würde ihr das Leben jetzt, nachdem sie die Liebe kennengelernt hatte, leichter fallen.

Sie kannte die griechischen Tragödien gut. Jedes Glück hatte seinen Preis. Bald würde auch ihr die Rechnung präsentiert werden.

Morgen war der Jahrestag der Schlacht bei Antietam. Rebecca verspürte den unwiderstehlichen Drang, diesen Tag und vielleicht den nächsten noch auf der Farm zu verbringen. Dann würde sie zu Regan zurückkehren und versuchen, sich langsam an den Gedanken zu gewöhnen, dass sie wieder nach New York zurückfahren musste.

Als sie aus dem Wald trat, tauchte die Farm vor ihr auf. Noch nirgends war sie so glücklich gewesen, und hier hatte sie die große Liebe ihres Lebens gefunden.

Dafür sollte sie wirklich dankbar sein. Es gab nichts zu bereuen.

Ein lautes Hupen riss sie aus ihren Gedanken. Vor dem Wohnhaus der Farm kam ein Auto mit quietschenden Bremsen zum Stehen, einen Moment später wurde die Tür aufgestoßen, und eine rothaarige Frau stieg aus.

Die Entfernung war nicht so groß, als dass sie, als Shane aus dem Haus trat, sein breites Lächeln nicht hätte erkennen können. Der Wind trug das vergnügte Lachen der Frau zu ihr herüber. Rebecca blieb stehen.

Als sich die beiden umarmten und sich gar nicht mehr voneinander zu lösen schienen, stieg überraschend heiße Eifersucht in ihr auf.

Oh nein, noch gehört er mir, protestierte hitzig eine innere Stimme. Er gehört mir, bis ich fortgehe.

Auch während sie sprachen, standen die beiden eng beieinander, einen Moment später klang wieder ein helles Lachen auf, die beiden umarmten sich erneut, dann stieg die Frau ins Auto ein und fuhr fröhlich winkend davon.

Shane tätschelte den beiden Hunden, die bellend um ihn herumsprangen, die Köpfe, gleich darauf richtete er sich auf und hob die Hand. Rebecca wusste, dass er sie entdeckt hatte, und ging langsam weiter, den Blick auf das Auto geheftet, bis es hinter der nächsten Straßenbiegung verschwunden war.

„Hallo, Rebecca." Shane kam mit in die Hosentaschen gehakten Daumen auf sie zugeschlendert. „Wie geht's Savannah?"

„Gut. Sie hat mir einige ihrer Zeichnungen gezeigt. Ich finde sie wunderschön."

„Ja. Sie kann wirklich gut zeichnen." Sein Instinkt riet ihm zur Vorsicht. Shane versuchte, in Rebeccas Gesicht zu lesen. Er räusperte sich. „Äh … Frannie Spader war eben auf einen Sprung hier."

„Ja, ich habe sie eben gesehen." Rebeccas Stimme klang spröde. Sie beugte sich hinunter und streichelte die Hunde. Nachdem sie sich wieder aufgerichtet hatte, machte sie Anstalten, ins Haus zu gehen. „Ich habe noch zu arbeiten."

„Rebecca." Shane hielt sie am Arm fest. „Zwischen ihr und mir ist nichts, falls du das denkst. Sie ist eine Freundin. Sie ist einfach nur kurz vorbeigekommen."

„Warum glaubst du denn, dich rechtfertigen zu müssen?"

„Weil ich … schau, Fran und ich waren einige Zeit zusammen. Waren", betonte er, wobei er spürte, dass Verärgerung in ihm aufstieg. Verärgerung über sich selbst. „Zwischen uns ist nichts mehr, und zwar seit … nun, seit du hier bist. Wir sind Freunde."

Oh, wie gut tat es doch zu sehen, wie er sich wand. „Hast du denn das Gefühl, ich verlange von dir eine Erklärung?"

„Nein. Ja." Verdammt. Plötzlich versuchte er sich vorzustellen, wie er reagiert hätte, wenn er an ihrer Stelle gewesen wäre. Wenn er hätte mit ansehen müssen, wie sie einen anderen Mann umarmte. Und küsste. „Ich will nur nicht, dass du auf falsche Gedanken kommst, das ist alles."

„Warum sollte ich wohl auf falsche Gedanken kommen? Und auf welche?"

„Hör auf damit." Er ließ ihren Arm los und trat

einen Schritt zurück. Dann kam er wieder auf sie zu. „Ich hasse es. Ich hasse es wie die Pest."

„Was hasst du?"

„Die Art, wie du Fragen stellst. Was fühlst du, was denkst du und so weiter. Ich kann es nicht mehr hören." Seine Augen blitzten vor Zorn. „Verdammt noch mal, die richtige Frage hätte gelautet: Warum, zum Teufel, küsst du eine andere Frau?"

„Hast du das Gefühl, dass eine Eifersuchtsszene angebracht gewesen wäre?" Seine Antwort bestand aus finsterem Schweigen. Sie zuckte die Schultern. „Tut mir leid, aber damit kann ich nicht dienen. Ich habe nicht vor, dich zu kontrollieren. Zweifellos hattest du ein Leben, bevor wir uns kennengelernt haben, und du wirst auch danach eines haben."

„Na wunderbar. Wirf mir ruhig meine Vergangenheit vor."

„Findest du, dass ich das tue?"

„Kannst du eigentlich nicht kämpfen wie jeder andere Mensch auch?"

„Wenn es etwas gibt, worum man kämpfen kann, durchaus. Aber deine Freundinnen gehen mich nichts an. Es wäre wirklich äußerst unproduktiv, wollte ich mir darüber den Kopf zerbrechen."

Sein Verstand befahl ihm, die Diskussion auf

der Stelle zu beenden, dennoch sagte er: „Hör zu, Rebecca, wenn ich mit so vielen Frauen geschlafen hätte, wie die Leute vermuten, wäre ich aus dem Bett überhaupt nicht mehr rausgekommen. Und im Übrigen habe ich auch nicht mit jeder Frau, mit der ich ab und zu ausgehe, ein Verhältnis. Ich bin kein … ach, verdammt noch mal, warum erzähle ich dir das eigentlich alles?"

„Das wollte ich dich gerade fragen. Meiner Meinung nach projizierst du im Moment deine Gefühle, deine voraussichtliche Reaktion, wenn du an meiner Stelle gewesen wärst, extrem stark auf mich. Hinzu kommen Schuldgefühle und Ärger darüber, dass du so empfindest, wie du empfindest. Um deinen Zorn von dir selbst abzulenken, lenkst du ihn …"

„Jetzt reicht's mir aber." Er legte ihr die Hand unters Kinn, sodass sie gezwungen war, ihm in die Augen zu sehen. „Frannie kam vorbei, um mich zu fragen, ob ich nicht Lust hätte, heute Abend mit ihr ein Bier trinken zu gehen. Ich habe nein gesagt. Sie wollte wissen, ob wir beide, du und ich, eine Beziehung hätten. Ich sagte ‚Ja, eine sehr heftige Beziehung sogar'. Dann haben wir uns noch einen Moment unterhalten, bis sie sich schließlich verabschiedete. Das war's. Zufrieden?"

Ihr Herzschlag hatte sich beschleunigt, doch ihre Stimme klang kühl und sachlich. „Habe ich dir den Eindruck vermittelt, dass ich unzufrieden bin?“

Seine Augen blitzten gefährlich. Rebecca empfand angesichts seiner Reaktion eine tiefe Befriedigung. Und der Fluch, der ihm über die Lippen kam, ehe er sich umdrehte und davonging, befriedigte sie nicht minder.

Gut gemacht, Dr. Knight, lobte sie sich selbst. Es war schwer vorstellbar, dass Shane in allernächster Zeit große Lust verspüren würde, eine andere Frau zu küssen. Vergnügt vor sich hin summend, schlenderte sie ins Haus.

Du musst heute unbedingt noch was tun, dachte sie, als sie in der Küche an ihrem Computer vorüberging. Doch erst wollte sie sich noch einen Augenblick Ruhe gönnen und ihren Triumph voll und ganz auskosten.

Der arme Junge war ja so berechenbar. Er zeigte ganz klassische Reaktionen. Der Gedanke, dass etwas von ihm, und sei es noch so harmlos, falsch interpretiert werden könnte, versetzte ihn in Alarmbereitschaft. Hinzu kam, dass der Ruf des Herzensbrechers schwer auf seinen Schultern lastete. Herzensbrecher, nicht Frauenheld. Eines Tages würde sie ihm vielleicht den feinen Unterschied erklären zwischen einem Mann, der die Frauen liebte, und einem, der sie lediglich benutzte.

Von ihrer rationalen Reaktion hatte er sich offensichtlich stark verunsichert gefühlt. Sie war ein direkter Anschlag auf sein männliches Ego gewesen.

Wirklich höchst interessant, was zwischen Männern und Frauen so alles ablief.

Vielleicht sollte sie irgendwann einmal etwas darüber schreiben. Sie ging zum Fenster. Dafür musste sie jedoch erst einmal den richtigen Abstand haben. Und bis dahin jedoch würde sie nicht nur wissen, wie es war, sich zu verlieben und zu lieben, sondern auch, wie man sich fühlte, wenn man diese Liebe wieder verlor.

Eines Tages würde sie vielleicht den Mut aufbringen, ihn zu fragen, was sie ihm bedeutet und wie er ihre gemeinsame Zeit empfunden hatte. Ja, dachte sie, belustigt über sich selbst. In einem Jahrzehnt vielleicht oder auch erst in zweien.

Noch immer in Hochstimmung, beschloss sie, sich an eine Aufgabe heranzuwagen, die ihr nicht zu bewältigen erschien. Sie würde heute ihr Abendessen selbst zubereiten. Vielleicht gelang es ihr ja, noch ein paar zusätzliche Lorbeeren einzuheimsen.

So schwierig konnte es schließlich nicht sein. Immerhin hatte sie in ihrer Handtasche das Rezept, nach dem Regan ein Brathähnchen zubereitete.

Nachdem sie den zusammengeknüllten Zettel aus ihrer Tasche genommen hatte, steckte sie sich als Schürzenersatz ein Geschirrtuch in den Hosenbund. Dann machte sie sich frohgemut an die Arbeit.

Kochen hat tatsächlich etwas Beruhigendes, sinnierte sie, während sie das Hähnchen würzte. Zumindest rein oberflächlich betrachtet. Doch wenn man es Tag für Tag nach einem anstrengenden Arbeitstag machen musste, sah die Sache wahrscheinlich ganz anders aus.

Als Hobby jedoch hatte es durchaus etwas für sich. Vorausgesetzt, man übertrieb es nicht in der Weise, dass man, wie viele ihrer Geschlechtsgenossinnen, eine Berufung daraus machte, hielt sie es nicht für ausgeschlossen, dass man sich damit anfreunden könnte. Die Wissenschaft war schließlich nicht alles auf der Welt.

Nachdem sie das Hähnchen in heißem Öl angebraten hatte, trat sie stolz einen Schritt zurück und gratulierte sich selbst. Es roch gut, es sah gut aus. Demzufolge musste es auch gut schmecken.

Shane würde Augen machen, wenn er zurückkommen und eine warme Mahlzeit vorfinden würde.

Melkzeit, dachte sie und stach mit der Gabel in die knusprige Kruste. Es wurde schon merklich früher dunkel, der Winter stand vor der Tür …

Ob sie den Schein der Lagerfeuer sehen würde, wenn sie aus dem Fenster schaute? Die Soldaten waren ganz nah und warteten auf den Beginn der Schlacht.

Sie wünschte sich, John würde endlich heimkommen, damit sie das Haus abschließen konnte. Sie sagte sich, dass sie keine Angst zu haben brauchte. Hier waren sie sicher. Sie mussten einfach sicher sein. Noch ein Kind durfte sie nicht verlieren. Das würde sie nicht überleben. Ebenso wenig wie John. Sie presste ihre Hand gegen ihren Bauch, wie um das menschliche Wesen, das darin strampelte, gegen alle Widrigkeiten des Lebens zu beschützen. Sie hoffte inständig auf einen Sohn. Nicht, um den zu ersetzen, den sie verloren hatten. Nichts auf der Welt konnte ihnen Johnnie ersetzen, sie würden ihn niemals vergessen. Doch wenn das Baby, das sie unter dem Herzen trug, ein Junge war, würde das vielleicht Johns Kummer ein wenig lindern.

Er litt. Er litt so entsetzlich, und es gab keinen

Trost. Sie konnte ihn lieben, ihn trösten und ihm beistehen in seiner Verzweiflung, und dennoch war sie gegen diese allumfassende Trauer machtlos. Auch die Mädchen gaben sich redliche Mühe, ihren Vater aus seiner Niedergeschlagenheit zu reißen, und Gott war ihr Zeuge, dass sie die reine Freude waren. Aber Johnnie war ihnen nun einmal gewaltsam entrissen worden, und jeder Tag, der mit Gefechtfeuer ins Land ging, war eine schmerzliche Erinnerung an diesen Verlust.

Vielleicht fand ja heute die alles entscheidende Schlacht statt. Sie wendete das Hähnchen im Bräter, wie sie es schon so oft getan hatte. Wäre das vielleicht eine Art von Gerechtigkeit, wenn der Krieg hier auf diesem Boden enden würde, hier, wo ihr Sohn geboren war?

Hockte der Mann, der ihren Sohn irgendwo da draußen erschossen hatte wie einen tollwütigen Hund, vielleicht hier ganz in der Nähe in einem Unterstand? Wen würde er morgen töten? Oder würde sein Blut heute Nacht in diesen Boden einsickern, über den sie schon seit so vielen Jahren ging?

Warum zogen sie nicht ab? Warum zogen die Soldaten nicht einfach ab und ließen sie mit ihrer Trauer allein?

Heißes Fett spritzte aus der Pfanne auf Rebeccas Hand. Obwohl sie den Schmerz kaum spürte, zuckte sie zurück. Gefühle, Gedanken, Satzfetzen und Geräusche wirbelten in ihrem Kopf wild durcheinander.

Du bist besessen, dachte sie verschwommen. Es gab einfach keinen anderen Ausdruck dafür. Und dann fiel sie zum ersten Mal in ihrem Leben in Ohnmacht.

Die Küchentür flog auf. Shane stürmte herein. „Und im Übrigen wollte ich dir noch sagen, dass …“, begann er. Einen Moment später fiel sein Blick auf die am Boden liegende Rebecca. Sein Herzschlag setzte kurz aus.

Mit zwei langen Schritten war er bei ihr, kauerte sich neben ihr nieder und versuchte sie hochzuziehen. „Rebecca.“ Er tastete nach ihrem Puls. „Rebecca, wach auf. Was machst du denn für Sachen, um Himmels willen?“ Zu Tode erschrocken, schüttelte und küsste er sie. Er flehte sie an, ein Lebenszeichen von sich zu geben. Bis ihre Lider schließlich zu flattern begannen und sich einen Moment später langsam hoben.

„Shane.“

„Ja, ich bin’s.“ Erleichtert atmete er auf. „Bleib

ganz still liegen, Baby, bis du dich wieder besser fühlst."

„Ich war sie, Shane", murmelte sie und gab sich alle Mühe, den Nebel aus ihrem Kopf zu verbannen. „Vor einer Minute war ich sie. Ich muss meine Geräte überprüfen."

„Zur Hölle mit deinen Geräten." Es war geradezu lächerlich einfach, sie am Boden zu halten. „Tu, was ich dir sage, und lieg still. Hast du dir den Kopf angestoßen? Tut dir irgendetwas weh?"

„Ich ... ich glaube nicht. Was ist passiert?"

„Das würde ich gern von dir wissen. Ich kam rein und sah dich auf dem Boden liegen."

„Großer Gott." Sie holte tief Luft und schmiegte ihren Kopf in Shanes Armbeuge. „Ich bin in Ohnmacht gefallen. Stell dir das doch bloß mal vor."

„Das muss ich mir gar nicht vorstellen. Du hast mir einen fürchterlichen Schrecken eingejagt. Was, zum Teufel, hast du angestellt, dass du in Ohnmacht gefallen bist?" Auf ihr Schulterzucken hin raufte er sich die Haare. „Kein Wunder, du isst ja auch nur wie ein Vogel. Und du schläfst auch viel zu wenig. Fünf Stunden, und dann schleichst du schon wieder durchs Haus oder hackst auf diesem idiotischen Computer herum."

Er steigerte sich immer mehr in seinen Zorn hinein, sodass sie schon befürchtete, er würde überhaupt nicht mehr aufhören. „Nun, das wird sich ändern. Dafür sorge ich, darauf kannst du dich verlassen. Du wirst anfangen, dich um dich selbst zu kümmern. Du bist ein einziges Nervenbündel, das nur aus Haut und Knochen besteht. Hat man dir in deinen feinen Schulen nichts über grundlegende körperliche Bedürfnisse beigebracht? Oder glaubst du vielleicht, dein Körper sei eine Ausnahme?"

Sie ließ ihn wüten, bis das Zimmer aufgehört hatte, sich vor ihren Augen zu drehen. Er drohte ihr, sie zum Arzt zu bringen, sie im Krankenhaus untersuchen zu lassen. Schließlich hob sie die Hand und legte sie ihm über den Mund.

„Ich bin noch nie zuvor in meinem Leben in Ohnmacht gefallen und habe nicht die Absicht, dies zur Gewohnheit werden zu lassen. Ich wäre dir dankbar, wenn du dich jetzt beruhigen und mich aufstehen lassen würdest, ich muss nämlich nach dem Hähnchen sehen, es verbrennt mir sonst noch."

„Hähnchen? Was hast du angestellt?", fragte er noch einmal, half ihr jedoch auf und führte sie zu einem Stuhl.

„Ich habe gekocht. Und ich habe das Gefühl, dass

es ganz gut geworden wäre. Vielleicht lässt sich ja noch etwas retten."

Er schnaufte ungehalten, ging zum Wasserhahn, ließ Wasser in ein Glas laufen und reichte es ihr. „Hier, trink erst mal."

Sie wollte ihm sagen, dass er es dringender benötige als sie, entschied sich dann jedoch dagegen. Gehorsam nippte sie an dem Glas. „Ich habe gekocht", wiederholte sie, „und dabei meinen Gedanken freien Lauf gelassen. Doch plötzlich waren es nicht mehr meine eigenen Gedanken. Sie waren klar – sehr persönlich, könnte man sagen. Aber es waren nicht meine, sondern die von Sarah."

„Du hast dich nur in diesen ganzen Unsinn hineingesteigert."

„Shane, ich bin ein sensibler Mensch. Aber auch rational. Ich weiß sehr genau, was passiert ist. Sie hat ein Hähnchen gebraten." Kopfschüttelnd stellte Rebecca das Glas ab. „Ist es nicht seltsam, dass ich ausgerechnet heute, am 16. September, beschlossen habe, Regans Rezept auszuprobieren? Sarah hat in der Nacht vor der Schlacht ein Hähnchen gebraten."

„Dann weißt du jetzt wenigstens, was sie damals gegessen haben."

„Ja", erwiderte sie fest, ohne sich von seinem Sarkasmus beeindrucken zu lassen. „Jetzt weiß ich es. Sie hat es gebraten, und dabei dachte sie über ihre Familie nach und über das Baby, mit dem sie schwanger ging. Sie machte sich Sorgen. Überlegte, wer wohl am nächsten Morgen tot sein würde. Die Soldaten lagen nicht weit vom Haus entfernt in ihren Unterständen und warteten auf den Beginn der Schlacht. Sie bereitete das Abendessen vor, und ihr Mann war draußen bei dem Vieh. Sie wünschte sich, dass er endlich ins Haus kommen möge, damit sie abschließen könnten. Sie machte sich Sorgen um ihn. Sie hatte alles getan, was in ihrer Kraft stand, um ihn aufzuheitern, doch ohne Erfolg."

„Mir scheint, du arbeitest einfach zu viel", wandte Shane vorsichtig ein. „Und wahrscheinlich hat die Tatsache, dass morgen der Jahrestag ist, deine Fantasie ein wenig überreizt."

Da sie sich jetzt wieder sicher auf den Beinen glaubte, erhob sie sich. „Du weißt, dass das nicht wahr ist. Ebenso wie du weißt, was hier in diesem Haus ist, aber du hast beschlossen, es nicht zur Kenntnis zu nehmen. Das ist deine Entscheidung, und ich respektiere sie. Ich weiß sehr genau, dass du manchmal in der Nacht davon träumst und dass diese Träume dich beunruhigen. Aber genauso, wie ich es respektiere, dass du es vorziehst, diese Dinge zu verdrängen, erwarte ich von dir, dass du meine Umgehensweise damit ebenso respektierst."

„Meine Träume gehen nur mich etwas an."

„Nichts anderes habe ich eben gesagt. Und ich habe dich nicht gebeten, mir etwas zu erzählen."

„Nein, du bittest mich nie um etwas, Rebecca." Er schob die Hände in die Hosentaschen. „Du wartest immer nur ab, und das macht mich ganz verrückt. Mir reicht es allmählich."

„Willst du, dass ich gehe?"

Als er nicht antwortete, wurde ihr kalt, und sie umarmte sich selbst, um sich zu wärmen. Doch ihre Stimme klang ruhig. „Nun, ich vermute, dann muss ich dich jetzt um etwas bitten. Es ist wichtig für mich, bis morgen hierzubleiben. Warum, kann ich dir nicht sagen, es ist nur so ein Gefühl. Ich wäre dir wirklich dankbar, wenn du mir in dieser Hinsicht entgegenkommen würdest."

„Kein Mensch hat dich gebeten zu gehen, oder?", erwiderte er, jetzt wütend auf sich selbst. Warum kam plötzlich diese Panik? „Wenn du bleiben willst, bleib. Es ist überhaupt kein Problem, aber halt mich bitte aus dieser Sache raus, klar? Ich habe noch kurz zu tun, und dann fahre ich in die Stadt."

„In Ordnung."

12. KAPITEL

Shane erwog die Möglichkeit, sich zu betrinken. Natürlich wusste er, dass das nicht die Lösung seiner Probleme war, aber es hatte durchaus etwas für sich. Schade nur, dass er nicht in der Stimmung dazu war. Mit jemandem einen Streit vom Zaun zu brechen erschien ihm da schon als die bessere Alternative, und da Rebecca für eine Auseinandersetzung ausschied, beschloss er, Devin einen Besuch abzustatten.

Auf Devin war in dieser Hinsicht immer Verlass. Man konnte sich bestens mit ihm streiten, und wenn man es darauf anlegte, artete dieser Streit dann sogar in einen gepflegten Boxkampf aus.

Als er im Sheriffbüro ankam, fand er nicht nur Devin, sondern auch Rafe vor. Umso besser.

„He, wir haben eben festgestellt, dass wir Lust auf eine Runde Poker haben." Rafe begrüßte ihn mit einem kräftigen Schlag auf die Schulter. „Hast du Geld dabei?"

„Gibt's hier irgendwo ein Bier?"

„Hier herrschen Gesetz und Ordnung, mein Lieber", gab Devin würdevoll zurück, machte dann jedoch eine Kopfbewegung in Richtung Hinterzimmer. „Im Kühlschrank. Was hältst du von einem Spielchen?“

„Von mir aus.“ Shane ging nach hinten. „Ich bin doch ein freier Mann, oder?“, fragte er nach seiner Rückkehr in die Runde. Seine beiden Brüder schauten ihn verständnislos an. „Ich muss mich nicht, wie ihr alle, vor einer Frau rechtfertigen, stimmt's?“, führte er näher aus.

Devin und Rafe tauschten vielsagende Blicke. „Mal sehen, ob Jared Zeit hat“, sagte Rafe und griff nach dem Telefonhörer.

Während Rafe wählte, machte Devin es sich gemütlich, indem er seine langen Beine auf den Schreibtisch legte. „Und wie steht's mit Rebecca?“

„Sie hat mir auch nicht reinzureden.“

„Ah! Hat es Ärger gegeben?“ Amüsiert von dieser Vorstellung, lehnte sich Devin mit einem Grinsen zurück und verschränkte die Hände hinter dem Kopf. „Sie hat dich doch nicht etwa rausgeschmissen?“

„Rausgeschmissen?“, fragte Shane höhnisch zurück. „Wie denn? Schließlich ist es noch immer mein verdammtes Haus, oder etwa nicht? Und im Übrigen gibt's mit der vernünftigen Rebecca nie Ärger. Man weiß bei ihr nur niemals genau, wie man mit ihr dran ist.“ Er gestikulierte wild mit der Bierflasche. „Sie verändert sich ständig. Direkt vor deinen Augen. Im einen Moment redet sie so klug daher, dass du glaubst, ihr nie im Leben das Wasser reichen zu können, und im nächsten wirkt sie so weich und verloren und süß, dass du jeden auf der Stelle zusammenschlagen würdest, der es auch nur in Erwägung zieht, ihr wehzutun. Dann wieder ist sie cool – oh, so cool und kontrolliert und …" Er setzte die Bierflasche an die Lippen und trank sie in einem Zug halb leer. „Analytisch. Wer zum Teufel soll diese Wechselbäder aushalten?"

„Nun, zumindest scheint sie ja nicht langweilig zu sein."

„Nein, das kann man wirklich nicht behaupten. Aber ich kann diese Frau einfach nicht einschätzen." Shane kniff ein Auge zu und sah mit dem anderen brütend in seine Bierflasche. „Heute kam sie zufällig dazu, als Frannie mir einen Kuss gab. Ist sie ausgerastet, hat Rechenschaft von mir gefordert oder sonst was? Nichts dergleichen." Er schüttelte hilflos den Kopf. „Nicht dass dieser Kuss nicht in aller Unschuld vonstatten gegangen wäre, aber schließlich ist es doch so, dass du, wenn du mit jemandem schläfst, nicht gerade begeistert davon bist, wenn er jemand anders küsst, oder etwa nicht?"

Rafe legte auf und betrachtete seinen Bruder interessiert. „Ich stimme dir voll und ganz zu. Was sagst du, Dev?"

„Ganz eurer Meinung."

Erfreut über die Zustimmung, sprach Shane erneut seinem Bier zu. „Tja, so sehen wir das. Aber Dr. Knight sieht es offensichtlich ganz anders. Sie studiert mich wie einen Abstrich unter dem Mikroskop. Ich hasse es."

„Wem würde das schon gefallen?" Rafe lehnte sich zurück.

Das Verständnis seiner Brüder brachte Shane jetzt richtig in Fahrt. Während er den Kronkorken der nächsten Bierflasche abhebelte, fuhr er fort: „Und dann ist da noch was – warum eigentlich stellt sie weder sich noch mir je die Frage, wie das alles weitergehen soll? Irgendwann muss man doch schließlich die Karten auf den Tisch legen, allein schon wegen der Schadensbegrenzung."

„Ach ja?" Devin feixte.

„Sicher. Aber sie denkt überhaupt nicht daran." Shane stürzte das Bier hinunter. Genau das war der Grund dafür, dass plötzlich alles so intensiv geworden war zwischen ihnen. „Und ihr glaubt sicher, dass sie mir ständig irgendwie im Weg ist, stimmt's?

Jemand wie sie muss einem Farmer doch verdammt noch mal ständig im Weg sein, oder? Der Witz an der Sache ist bloß, dass es nicht so ist. Im Gegenteil, sie scheint da genau hinzupassen."

„Tut sie das?" Devin grinste und winkte Rafe zu.

„Irgendwie schon, ja. Nun, ich … ich weiß auch nicht. Einfach so, verstehst du? Sie arbeitet ja in der Küche am Küchentisch, und wenn ich reinkomme und sie mal nicht da auf ihrem Platz sitzt, kommt es mir schon komisch vor."

Als sich die Tür öffnete, drehte Rafe sich um. Jared kam mit einer großen braunen Aktenmappe herein. Er stellte sie auf den Schreibtisch und holte einen Sechserpack Bier heraus. „Wir spielen doch hier, nehme ich an, oder?"

„Ja, aber noch nicht gleich." Um die Unterbrechung möglichst kurz zu halten, deutete Devin auf einen Stuhl. „Shane ist ein bisschen von der Rolle."

„Aha." Jared warf Shane einen Blick zu. „Worum geht's?"

„Um Rebecca."

„Das Schlafzimmer riecht nach ihr", sagte Shane. „Dabei lässt sie überhaupt nichts von ihren Sachen herumliegen, aber es riecht trotzdem nach ihr. Nach Seife und ihren Cremes."

„Hmm.“ Jared machte sich ein Bier auf.

„Ihre Eltern haben sie auf ein Internat geschickt, da war sie gerade mal sechs, müsst ihr wissen. Praktisch noch ein Baby. Sie durfte nie Kind sein. Manchmal, wenn sie lacht, schaut sie richtig überrascht, fast so, als würde sie sich darüber wundern, dass sie lacht.“ Er machte eine Pause und dachte kurz nach. „Sie hat ein unheimlich schönes Lachen.“

Jared wandte sich an Rafe. „Hat sie ihn etwa rausgeschmissen?“

„Er behauptet, nein.“

„Es ist mein verdammtes Haus“, erinnerte Shane sie alle, sich selbst eingeschlossen, finster. „Mein Haus, mein Grund und Boden. Und in meinem Haus bestimme ich und sonst niemand. Aber das wäre im Grunde genommen alles gar kein Problem, mir geht nur diese idiotische Ausrüstung, die sie angeschleppt hat, auf den Geist, das ist alles. Sie soll sich nicht mit diesem ganzen Unsinn beschäftigen, das tut ihr nicht gut. Ich habe keine Lust, nach Hause zu kommen und sie auf dem Fußboden vorzufinden.“

„Was?“ Devins Belustigung war verflogen. Er straffte sich. „Was ist denn passiert?“

„Sie ist in Ohnmacht gefallen. Sie behauptet, unserer Urgroßmutter begegnet zu sein." Shane trank den nächsten kräftigen Schluck Bier in der Hoffnung, damit sowohl seine Besorgnis als auch seine Verunsicherung fortspülen zu können. „Allen Ernstes. Beim Hähnchenbraten. Ich will damit nichts zu tun haben."

„Und jetzt? Ist sie wieder in Ordnung?", erkundigte sich Rafe.

„Wäre ich hier, wenn es nicht so wäre?" Shane fuhr sich mit den Fingern durchs Haar, während er sich bemühte, das Bild der auf dem Küchenfußboden liegenden Rebecca aus seinen Gedanken zu verbannen. Doch es gelang ihm nicht. „Sie hat mich zu Tode erschreckt, verdammt noch mal." Er kniff die Augen einen Moment lang zu und rieb sich mit dem Handballen die schmerzenden Schläfen. „Ich kann es nicht ertragen, wenn mit ihr irgendwas ist. Ich kann's einfach nicht ertragen. Die Frau zerrt an meinen Nerven."

Mit Mühe riss er sich zusammen und genehmigte sich noch einen Schluck Bier. „Sie hat es mit Fassung getragen", fuhr er fort. „Ich habe noch nie eine Frau gesehen, die sich so in der Gewalt hat. Es hat nur kurze Zeit gedauert, dann hatte sie alles wieder im Griff. Es ist einfach nicht zu fassen. Und sie versucht nicht, mich mit diesem ganzen Kram zu behelligen. Sie behelligt mich mit gar nichts."

„Hier, Bruderherz." Jared, der sah, dass Shane auch seine zweite Flasche geleert hatte, sorgte für Nachschub und reichte ihm fürsorglich noch ein Bier. „Du hast dich verliebt."

„Das fürchte ich auch."

„Wie oft am Tag denkst du an sie?"

„Keine Ahnung." Verärgert erwog Shane die Möglichkeit, sich doch noch zu betrinken. Er hielt es nicht für das Schlechteste. „Ich hab's nicht gezählt."

„Ist dir das bei anderen Frauen auch schon passiert?", nahm Jared Shane ins Kreuzverhör.

„So noch nicht. Aber ist das denn ein Wunder? Schließlich leben wir in einem Haus zusammen. An einen Menschen zu denken, mit dem man Tag und Nacht zusammen ist, das lässt sich ja wohl schlecht verhindern."

Rafe betrachtete seine Fingernägel. „Es ist nur Sex."

„Pass auf, was du sagst, ja?" Shane schoss aus seinem Stuhl hoch, die Hände zu Fäusten geballt. „Sie ist mehr als nur ein warmer Körper." Er fing sich wieder, und seine Brüder grinsten wissend. „Ich bin schließlich kein Tier."

„Das sind ja ganz neue Töne." Ungerührt griff Rafe nach einer Bierflasche. „Auf wie viele andere Frauen warst du scharf, seit du Rebecca kennst?"

„Das ist nicht der Punkt. Der Punkt ist …" Shane setzte sich wieder und blickte brütend vor sich hin. „Ach, ich weiß nicht. Hab's vergessen."

„Der Punkt ist", schaltete sich Devin ein, „dass du die Balance verloren hast und jetzt verdammt schnell fällst."

„Er ist schon unten aufgeschlagen", warf Jared ein. „Er hat's nur noch nicht gemerkt. Aber Rebecca, die eine kluge und sensible Frau ist, wird nicht so schnell die Balance verlieren. Vor allem nicht bei ihm …"

„Was, zum Teufel, ist bloß los mit mir?"

„Wie ich schon sagte." Jared nickte weise. „Du weißt nicht, was du machen sollst. Sie hat ihr Leben in New York, ihre Interessen, ihre Karriere. Du würdest ein Problem bekommen, wenn du versuchtest, sie von dort fortzulocken. Die einzige Chance, die du hast, ist, ihr einen Heiratsantrag zu machen."

„Bist du verrückt? Ich heirate nicht!"

Um Rafes Mundwinkel spielte ein Lächeln. „Wollen wir wetten?"

Weil Shane plötzlich erschreckend blass geworden war, packte Devin das Mitleid. „Komm, Bruderherz. Trink noch einen Schluck zur Stärkung. Wenn du willst, kannst du dich später hinten in die Koje hauen und deinen Rausch ausschlafen."

Das schien Shane ein ausgezeichneter Vorschlag zu sein.

Rebecca tat kein Auge zu. Und das nicht nur deshalb, weil Shane nicht da war und alles im Haus zum Leben zu erwachen schien. Ein weiterer Grund war, dass sie auf den morgigen Tag wartete.

Es war die längste Nacht ihres Lebens.

Sie arbeitete. Arbeit war für sie immer die beste Medizin.

Sie packte. Stets, wenn sie wie jetzt ordentlich ihre Kleider zusammenfaltete, um sie in einen Koffer zu legen, war das ein untrügliches Zeichen dafür, dass sie bereit war, dem Leben für eine neue Etappe die Stirn zu bieten.

Wenn sie eine Sorge hatte, dann war es höchstens die, dass Shane sich den Kopf darüber zerbrechen könnte, wie er sie am taktvollsten loswerden könnte. Das war überflüssig. Wenn er zurückkam, sollte ihm klar werden, dass er ab sofort sein Leben wieder unbehelligt so weiterführen konnte wie bisher.

Aber er kam nicht zurück. Die Minuten zogen sich zäh dahin, der Morgen graute.

Als sich die Sonne über den Horizont schob und ihre ersten Strahlen durch den Nebel schickte, der über dem Land lag, ging Rebecca nach draußen.

Sie konnte sich in diesem Moment nicht vorstellen, dass irgendjemand das nicht fühlen konnte, was sie fühlte. Die Angst, die Erwartung, den Zorn und die Sorge.

Sie musste ihre Fantasie nur ein ganz klein wenig bemühen, um die Truppen durch den Nebel anrücken zu sehen. Sie hörte das dumpfe Trappeln der Pferdehufe und sah Bajonette und Säbel aufblitzen.

Dann begann der Kanonendonner zu rollen, gefolgt von den ersten Schreien.

Einen Moment später brach die Hölle los.

„Was machst du denn da draußen?“

Rebecca zuckte zusammen. Es war Shane, der durch den Nebel auf sie zukam. Er war blass, und seine Augen wirkten müde. Aber er machte noch immer einen verärgerten Eindruck, sodass sie davon Abstand nahm, ihm um den Hals zu fallen, obwohl sie nichts lieber getan hätte als das.

„Ich habe dich nicht kommen hören.“

„Ich war schon da.“ Sie hatte nicht geschlafen. Er

konnte es an den dunklen Schatten sehen, die um ihre Augen lagen, und verspürte ein leises Schuldgefühl. „Du frierst. Du bist ja barfuß, um Himmels willen. Geh sofort ins Haus. Geh zurück ins Bett."

„Du siehst müde aus."

„Ich habe einen Kater", gab er unumwunden zurück. „Den meisten Sterblichen passiert das leider, wenn sie zu viel getrunken haben. Willst du mich nicht fragen, wo ich war, was ich gemacht habe?"

„Versuchst du, mir wehzutun?"

„Vielleicht. Vielleicht will ich ja nur sehen, ob ich das überhaupt kann."

Sie nickte und wandte sich um, um ins Haus zu gehen. „Du kannst."

„Rebecca …" Doch sie hatte bereits die Tür hinter sich zugemacht. Er fühlte sich so gedemütigt, dass er sich am liebsten unter dem nächsten Stein verkrochen hätte. Mit einem Fluch auf den Lippen ging er zum Melkschober hinüber.

Rebecca beobachtete ihn vom Küchenfenster aus. Offensichtlich würden sie also nicht im Guten auseinander gehen. Vielleicht war es ja das Beste. Auf jeden Fall würde es die Sache einfacher machen. Er schien nicht zu arbeiten. Er wartet nur darauf, dass du endlich aus dem Haus bist, dachte sie. Nun, dann würde er noch einige Zeit warten müssen. Sie war entschlossen, das Haus nicht zu verlassen, ehe der Tag vorbei war.

„Wo bist du, Sarah?“, flüsterte sie vor sich hin, während sie in der Küche, die ihr plötzlich wie eine Gefängniszelle erschien, auf und ab ging. „Du wolltest, dass ich hierherkomme. Ich weiß, dass du es wolltest. Warum?“

Als sie am Fenster vorüberkam, schaute sie wieder hinaus. Shane ging gerade über den Hof in den Gemüsegarten, wo er Herbsttomaten und anderes Gemüse angepflanzt hatte. Jetzt blieb er stehen und überprüfte irgendetwas. Wahrscheinlich schaute er nach, ob die Tomaten schon reif waren.

Es tat weh, ihn zu sehen. Mit noch mehr Schmerz allerdings erfüllte es sie, den Blick abzuwenden. Hatte sie ernsthaft geglaubt, sie könnte die Erfahrung, die sie gemacht hatte, einfach so mir nichts, dir nichts abschütteln?

Nein, sie würde nie, nie darüber hinwegkommen.

Als er sich wieder aufrichtete, wandte sie sich ab. Nein, sie konnte nicht bis zum Abend warten. Es war zu grausam. Sie würde noch ein letztes Mal zu ihm gehen, mit ihm sprechen, und dann würde sie sich auf den Weg machen.

Ihre Ausrüstung konnte sie abholen lassen. Sie wollte einen Abgang mit Würde. Auf zu Regan, sagte sie sich. Jetzt sofort nach New York zurückzufliegen würde zu überstürzt wirken. Es war sinnlos, Shane Schuldgefühle einjagen zu wollen, ihn wissen zu lassen, dass er ihr das Herz gebrochen hatte.

Lass ihn denken, dass es auch für dich nicht mehr als ein kleines Abenteuer war. Eine nette Zeit, die jetzt zu Ende ging.

Sie würde nie wieder hierher zurückkommen. Sie blieb am Fuß der Treppe stehen und presste sich eine Hand auf den Mund, während ihr Blick durch den Flur schweifte und auf der Küchentür haften blieb. Nie mehr. Nicht mehr in diese Stadt, nicht mehr in dieses Haus …

Der Eintopf brodelte leise vor sich hin. In der Ferne rollte Kanonendonner …

Mit weichen Knien lehnte Rebecca sich gegen die Wand, als sich die Tür öffnete. Sie wusste, dass es Shane war. Sie erkannte seine Gestalt, seinen Gang, sogar seinen Geruch. Doch ihr inneres Auge sah einen Mann, der einen blutüberströmten Körper hereinschleppte …

„Mein Gott, John, ist er tot?"

„Noch nicht."

„Leg ihn auf den Tisch. Ich brauche Handtücher. Oh mein Gott, so viel Blut. Beeil dich. Er ist so jung, ein halbes Kind noch."

„Wie Johnnie."

Ja, genau wie Johnnie. Jung, verblutend, sterbend. Seine Uniform war schmutzig und von Blut durchtränkt. Als sie ihm vorsichtig die Jacke auszog, hörte sie es in seiner Tasche rascheln.

Ein Junge. Zu viele Jungen starben derzeit …

Rebecca sah die Szene in der Küche genau vor sich. Das Blut, den jungen Soldaten, den Mann und die Frau, die versuchten, sein Leben zu retten.

Dann hatte Sarah plötzlich den Brief in der Hand, einen Brief, der schon tausendmal gelesen worden zu sein schien. Die Worte sprangen ihr förmlich entgegen …

Lieber Cameron …

„Sie haben alles versucht, aber sie konnten sein Leben nicht retten", sagte Shane vorsichtig.

„Ja." Rebecca, die den Atem angehalten hatte, atmete jetzt hörbar aus. Dann presste sie die Lippen aufeinander. „Sie haben alles versucht."

„Zuerst sah er nur die Uniform. Den Feind. Er triumphierte, dass ein Yankee hier auf seinem Grund und Boden verblutete. Doch als er dem Jungen ins Gesicht schaute, sah er seinen Sohn vor sich. Deshalb brachte er ihn ins Haus. Mehr konnte er nicht tun."

„Er hat richtig gehandelt. Er hat sich verhalten wie ein Mensch."

„Sie wollten, dass der Junge überlebt, Rebecca. Sie wollten ihm helfen."

„Ich weiß." Ihr Atem kam stoßweise. „Sie haben mit aller Kraft um sein Überleben gekämpft. Den ganzen Tag, die ganze Nacht hindurch sind sie nicht von seiner Seite gewichen. Sie saßen bei ihm und beteten. Hörten ihm zu, wenn er etwas zu sagen versuchte. Shane, sie hätten es niemals über sich gebracht, nicht wenigstens den Versuch einer Rettung zu unternehmen."

„Aber sie haben den Wettlauf gegen den Tod verloren." Shane machte einen Schritt auf sie zu. „Und für sie war es, als würden sie ihren Sohn ein zweites Mal verlieren."

„Wenigstens war es ihm vergönnt, nicht mutterseelenallein zu sterben."

„Sie haben ihn zusammen mit dem Brief von seiner Mutter begraben."

„Der Brief. Es waren zwei eng beschriebene Seiten, ich habe es ganz genau gesehen. Kein Umschlag. Nichts, was ihnen einen Hinweis darauf hätte geben können, woher er kam oder wie er mit Nachnamen hieß." Sie atmete hörbar aus. „Nur der Vorname … Cameron."

Shanes Augen wurden dunkel. „Das ist mein zweiter Vorname. Der Vorname meines Großvaters. Cameron James MacKade, Johns und Sarahs zweiter Sohn. Er wurde sechs Monate nach der Schlacht bei Antietam geboren." Shane holte tief Luft. „Seitdem gibt es in jeder Generation der MacKades einen Cameron."

„Sie haben ihr Kind nach dem Jungen benannt, den sie nicht retten konnten." Hilflos wischte sich Rebecca die Tränen von den Wangen. „Sie haben ihn nicht vergessen, Shane. Sie haben alles getan, was in ihrer Macht stand."

„Und dann haben sie ihn einfach in der Erde verscharrt."

„Du darfst sie nicht dafür hassen, Shane. Sie haben getan, was sie konnten. Aber Sarah hatte Angst, sie hatte Angst um ihren Mann. Was glaubst du, was passiert wäre, wenn jemand herausgefunden hätte, dass sie einen feindlichen Soldaten auf ihrem Grundstück begraben haben? Sie mussten es so unauffällig wie möglich tun."

„Ich hasse sie nicht dafür." Plötzlich wachsam geworden, fuhr sich Shane mit der Hand übers Gesicht. „Aber es ist jetzt mein Leben, Rebecca, mein Land. Ich kann nicht ändern, was passiert ist, aber ich bin es leid, dass mich die Geister der Toten verfolgen."

Sie reichte ihm die Hand. „Weißt du, wo sie ihn begraben haben?"

„Nein, ich habe mich nie darum gekümmert. Ich habe es verdrängt. Ich wollte nichts damit zu tun haben. Nie."

„Und warum sprichst du jetzt darüber?"

„Ich weiß nicht." In einer Geste der Resignation ließ er die Arme sinken. „Ich sah ihn. Hinter dem Räucherhaus. Er lag im Sterben und hat mich angefleht, ihm zu helfen." Wieder holte er tief Atem. „Es war nicht das erste Mal. Aber ich konnte nie darüber reden. Doch du wusstest es die ganze Zeit."

„Sie haben ihn auf der Wiese begraben", sagte sie leise. „Dort, wo die vielen Wildblumen wachsen." Wieder griff sie nach seiner Hand und verschränkte ihre Finger mit seinen. „Komm mit, ich zeig es dir."

Sie gingen zusammen hinaus auf die Wiese. Mittlerweile strahlte die Sonne hell vom Himmel und tauchte die Berge in ein goldenes Licht. In der Luft lag der Duft von Gras und Heu und Blumen. Als sie jetzt stehen blieb, ließ Rebecca ihren Tränen freien Lauf.

„Sie haben für ihn getan, was sie tun konnten. Nicht weit von hier hat ein Mann einen Jungen tödlich verletzt, nur weil dessen Uniform eine andere Farbe hatte als seine eigene. Diese Leute haben versucht, ihn zu retten, egal, ob er zur feindlichen Armee gehörte oder nicht." Als sie sich nun gegen Shane lehnte, legte er ihr tröstend den Arm um die Schultern. „Sie haben versucht, ihm zu helfen."

„Ja, das haben sie. Und sie können ihn noch immer nicht allein lassen."

„Wir legen auf unseren Schlachtfeldern Parks an, um immer wieder daran erinnert zu werden", sagte sie still. „Es ist wichtig, sich zu erinnern. Er braucht einen Grabstein, Shane. Sie hätten einen aufgestellt, wenn sie nicht solche Angst hätten haben müssen."

War das nicht gut zu verstehen? Es war nur allzu menschlich. „In Ordnung." Shane hörte auf, sich tausend Dinge zu fragen, und nickte. „Er soll seinen Grabstein bekommen. Vielleicht werden wir dann alle endlich Frieden finden."

„Hier auf diesem Land gibt es viel mehr Liebe als Trauer, Shane“, sagte sie leise. „Und es ist dein Land. Du kannst sehr stolz sein auf das, was du hast und was du bist.“

„Ich hatte ständig das Gefühl, als ob sie versuchten, mich zu irgendetwas zu drängen. Die ganze Sache ließ mich nicht los, aber ich wollte es nicht. Ich tat einfach so, als wäre nichts.“ Plötzlich fiel alle Last von ihm ab. „Ich wollte nicht mit ihren Problemen, ihren Gefühlen behelligt werden.“ Sein Blick schweifte über die Bergspitzen, die in lila Licht getaucht waren. „Aber vielleicht war das ja falsch. Man kann seine Wurzeln nicht verleugnen.“

„Nein, das kann man nicht. Vor allem, wenn man seine Heimat so sehr liebt wie du, Shane. Irgendwann kommt die Stunde der Wahrheit.“ Sie stellte sich auf die Zehenspitzen und küsste ihn leicht auf den Mund. „Du bist ein guter, einfühlsamer Mann, Shane. Und ein guter Farmer. Ich werde dich nie vergessen.“

Bevor ihm klar werden konnte, was sie vorhatte, hatte sie sich auch schon abgewandt. „Wovon sprichst du? Und wohin gehst du?“

„Ich könnte mir vorstellen, dass du jetzt noch einen Moment allein hierbleiben möchtest.“ Lächelnd wischte sie sich eine Träne aus dem Augenwinkel.

„Es scheint mir ein sehr persönlicher Moment zu sein, und ich muss noch meine letzten Sachen zusammenpacken."

„Was denn für Sachen?"

„Nun, meine Sachen eben." Sie wich einen Schritt zurück, während sie sprach. „Jetzt, nachdem alles geklärt ist, werde ich zu Regan umziehen und dort noch ein paar Tage bleiben, bevor ich nach New York zurückfliege."

Ihm war, als hätte er einen Schlag auf den Kopf bekommen. Die eben noch verspürte Erleichterung fiel von ihm ab. Panik stieg in ihm auf. „Du gehst? Einfach so? Experiment erfolgreich beendet und damit adieu?"

„Ich möchte gern noch ein paar Tage bei Regan wohnen. Hier auf der Farm bin ich sowieso schon viel länger geblieben als vorgesehen. Außerdem kann ich mir vorstellen, dass du froh bist, wenn ich hier weg bin und du dein Haus wieder ganz für dich allein hast. Aber ich bin dir wirklich sehr dankbar für alles."

„Du bist dankbar", wiederholte er. „Für alles?"

„Ja. Sehr." Schnell weg, dachte sie. Bloß schnell weg von hier. „Ich würde mich freuen, ab und zu von dir zu hören. Was du so machst und so."

„Wir könnten uns zum Beispiel Weihnachtspostkarten schreiben."

„Ein bisschen mehr dürfte es vielleicht schon sein." Mühsam brachte sie ein Lächeln zustande. „Es war ein echtes Erlebnis mit dir, Farmboy."

Damit drehte sie sich um und ging davon. Er sah ihr fassungslos nach. Sie ließ ihn tatsächlich einfach stehen. Die Frau, der er die tiefgreifendste Erfahrung seines Lebens zu verdanken hatte, ließ ihn einfach stehen und ging völlig ungerührt davon.

Nun gut, dann musst du dich eben damit abfinden, sagte er sich einen Moment später und presste die Lippen hart aufeinander. Er würde ihr mit Sicherheit keine rührselige Abschiedsszene machen.

Den Teufel würde er tun.

Rebecca war schon an der Hintertür, als er sie eingeholt hatte. Er legte ihr die Hände auf die Schultern und drehte sie zu sich herum.

„Sex für die Wissenschaft? War's das, Doc? Ich hoffe bloß, dass du genügend Informationen für deine widerwärtigen Artikel aus mir herausgeholt hast."

„Was ist denn in dich …"

„Was hältst du von einem letzten Experiment – als Wegzehrung sozusagen?"

Er zog sie gewaltsam an sich und küsste sie hart.

Es war ein brutaler, wütender Kuss. Zum ersten Mal hatte sie jetzt Angst vor ihm und davor, wozu er unter Umständen imstande sein könnte.

„Shane." Erschauernd versuchte sie sich aus seinem Griff zu befreien. „Du tust mir weh."

„Gut so." Er ließ sie los, stieß sie jedoch so heftig zurück, dass sie fast gestolpert wäre. „Das hast du dir redlich verdient, du kaltherziges …" Er unterbrach sich, weil er nichts sagen wollte, was ihm später womöglich leid tun würde. „Wie kannst du mit mir schlafen und all das mit mir teilen, was wir miteinander geteilt haben, und dich dann einfach umdrehen und weggehen, so als ob nichts gewesen wäre?"

„Ich dachte … ich dachte, es wäre so am besten. Und du hast doch selbst gesagt, dass du mit all den Frauen, mit denen du geschlafen hast, auch hinterher noch …"

„Lass meine Vergangenheit aus dem Spiel!", tobte er. „Verdammt noch mal, nichts ist mehr so wie früher, seit ich dich kennengelernt habe. Du hast mein Leben genug in Unordnung gebracht. Ich will, dass du jetzt gehst. Und zwar auf der Stelle!" Beim letzten Satz überschlug sich seine Stimme fast. Er war völlig außer sich.

„Ich gehe ja schon", brachte sie mühsam heraus

und trat vorsichtig einen Schritt zurück, dann den nächsten, bis sie die Schwelle erreicht hatte.

„Um Himmels willen, Rebecca, verlass mich nicht."

Sie hatte die Hand schon am Türknauf. Glücklicherweise, denn so fand sie jetzt wenigstens einen Halt. Die Augen vor Fassungslosigkeit weit aufgerissen, drehte sie sich langsam nach ihm um. „Ich verstehe dich nicht."

„Du möchtest, dass ich dich bitte." Jetzt ergriff das Gefühl der Demütigung und Wut gleichermaßen von ihm Besitz. „Schön. Ganz wie du willst. Dann bitte ich dich eben. Bitte geh nicht weg, Rebecca. Ich glaube nicht, dass ich ohne dich leben kann."

Sie sah ihn an, hob ganz langsam, wie in Trance, die Hand und legte sie sich an die Stirn. Seine Augen drückten tausend verschiedene Gefühle aus, viel mehr, als sie deuten konnte. „Du willst, dass ich bleibe? Aber ..."

„Was ist denn schon so großartig an New York?", wollte er wissen. „Sie haben dort Museen und Restaurants. Wenn du in ein verdammtes Restaurant gehen willst, gehe ich eben mit dir in ein Restaurant. Jetzt. Sofort. Zieh dich an, los."

„Ich ... ich bin nicht hungrig."

„Fein. Du brauchst also gar kein Restaurant, siehst du?“ Plötzlich fiel ihm auf, dass er klang, als hätte er den Verstand verloren. Himmel, vielleicht war er ja wirklich verrückt geworden. „Du hast da diesen schicken Computer, ein Modem und diesen ganzen anderen Kram. Du kannst überall arbeiten. Auch hier.“

„Du willst, dass ich hier arbeite?“, fragte sie ungläubig.

„Was sollte daran falsch sein? Schließlich arbeitest du ja schon die ganze Zeit hier, oder?“

„Ja, schon, aber …“

„Von mir aus verstreust du deine Gerätschaften im ganzen Haus, es macht mir nichts aus, wenn ich überall darüber stolpere.“ Er hob in hilfloser Geste die Hände. „Es ist mir egal, verstehst du?“ Er ging einen Schritt auf sie zu. „Es macht mir nichts aus“, wiederholte er. „Ich habe mich schon daran gewöhnt. Von mir aus stellst du einen Sender in die Scheune und eine Satellitenschüssel aufs Dach. Tu, wonach immer dir der Sinn steht, nur verlass mich nicht.“

Jetzt umspielte ein Lächeln ihre Mundwinkel. Sie wusste zwar nichts über Beziehungen, aber sie glaubte doch, im Großen und Ganzen verstanden zu haben, worum es dabei ging. „Du willst, dass ich hierbleibe?“

„Wie viele Sprachen sprichst du?“ Schiere Frustration veranlasste ihn, sie zu schütteln. „Verstehst du kein Englisch?“ Er ließ sie los und begann, wie ein gefangener Löwe auf und ab zu laufen. „Habe ich es noch immer nicht oft genug gesagt? Ich fasse es nicht, dass diese Worte wirklich aus meinem Mund gekommen sind, und doch ist es so“, sagte er unwillig. „Ich will dich nicht verlieren, verstehst du? Ich will es einfach nicht. Ich könnte es nicht ertragen, es würde mein verdammtes Herz in Stücke reißen.“ Er redete wild drauflos, und wieder wurde er den Verdacht nicht los, dass er sich anhören musste wie ein Verrückter. „Wenn du das willst, bitte, dann verlass mich!“

Rebecca wollte etwas sagen, doch der Ausdruck, der auf seinem Gesicht lag, ließ sie verstummen.

„Ich liebe dich, Rebecca. Oh, ich liebe dich so sehr.“

Es konnte nicht mehr lange dauern, und er würde vor ihr auf den Knien liegen. Um seine Selbstkontrolle wiederzuerlangen, presste er sich die Handballen an die Augen. Wie groß auch immer die Demütigung sein mochte, er würde sie klaglos ertragen. Hauptsache, Rebecca blieb bei ihm.

Dann schaute er auf, schaute sie an. Und sah, dass sie weinte. Ihr Anblick zerriss ihm fast das Herz.

„Es tut mir leid. Es tut mir so leid, ich habe kein Recht, dich so zu bedrängen. Entschuldige, bitte, bitte entschuldige, aber hör auf zu weinen."

Sie holte zittrig Atem. „In meinem ganzen Leben hat noch nie ein Mensch solche Worte zu mir gesagt. Nicht ein einziger Mensch, in meinem ganzen Leben. Du kannst unmöglich wissen, was es für mich bedeutet, sie nun ausgerechnet von dir zu hören."

„Sag jetzt um Himmels willen nicht, dass es zu spät ist. Ich werde dich für alles entschädigen, Rebecca, wenn du es nur zulässt."

„Ich hatte Angst, dir zu sagen, wie sehr ich dich liebe. Ich dachte, du willst mich nicht."

Es dauerte einen Moment, ehe ihm die Bedeutung ihrer Worte aufging. „Ich dich nicht wollen? Oh Rebecca, meine geliebte Rebecca, ich wüsste nichts auf der Welt, was ich mehr will als dich. Ich brauche dich, ich kann ohne dich nicht mehr leben. Du darfst nicht weggehen."

Als sie jetzt nur stumm den Kopf schüttelte, zog er sie in die Arme. „Ich gehe nirgendwohin."

„Dann liebst du mich also?"

„Oh ja!"

„Wenn du wüsstest, wie glücklich ich bin." Während er sie nun küsste, durchströmte ihn eine wilde, geradezu unbändige Freude. „Ich habe mich auf den ersten Blick in dich verliebt, schon am Flughafen. Du warst so bezaubernd, dass ich dir einfach nicht widerstehen konnte. Rebecca, ich bitte dich, heirate mich. Ich will nie wieder ohne dich sein."

„Heiraten?" In ihrem Kopf drehte sich alles. „Dich? Du willst, dass ich dich heirate?" Ihre Knie drohten nachzugeben. „Jetzt muss ich mich hinsetzen."

„Nein, das musst du nicht. Ich halte dich fest." Das typische MacKade-Lächeln huschte über sein Gesicht, dann begann er sie leidenschaftlich und ausgiebig zu küssen. „Heirate mich, Rebecca", flüsterte er. „Du brauchst einfach nur ja zu sagen. Und wenn du es nicht tust, muss ich dich dazu überreden."

Ehe. Kinder. Familie. Shane. Warum sollte er sie zu etwas überreden müssen, was sie sich mehr wünschte als alles auf der Welt? „Ich kann nicht mehr denken."

„Das macht nichts." Er streifte mit den Lippen ihre Wange. „Ich liebe dich, Rebecca. Oh … meine schöne Rebecca. Ich liebe dich. Sag einfach: Ich liebe dich auch."

„Ich liebe dich auch."

„Heirate mich, Rebecca." Seine Lippen waren ein süßes Versprechen. „Werde meine Frau, die Mutter meiner Kinder, lebe mit mir. Sag ja. Sag einfach: Ja, ich will dich heiraten, Shane."

„Ja." Die Kraft kehrte in sie zurück, als sie die Arme um seinen Nacken legte. „Ja, ich will dich heiraten, Shane."

Er knabberte an ihrem Ohrläppchen. „Und jetzt sag: Ich werde Tag und Nacht für dich kochen, Shane."

„Ich werde …" Sie riss die Augen auf und lachte laut. „Schlau. Wirklich superschlau, Farmboy."

„Immerhin war es einen Versuch wert, Becky." Lachend hob er sie hoch und wirbelte sie im Kreis herum. „Aber ich werde mein Bestes tun, um aus zwei drei zu machen."

– ENDE –

Nora Roberts
Die MacKades 1
Zwischen Sehnsucht
und Verlangen

Band-Nr. 25171
6,95 € (D)
ISBN: 3-89941-229-X

Nora Roberts
Die MacKades 2
Dem Feuer zu nah

Band-Nr. 25178
6,95 € (D)
ISBN: 3-89941-236-2

Nora Roberts
Die MacKades 3
Sterne einer Sommernacht

Band-Nr. 25196
6,95 € (D)
ISBN: 3-89941-289-3

Nora Roberts
Die Donovans 1
Die gefährliche Verlockung
Band-Nr. 25170
6,95 € (D)
ISBN: 3-89941-228-1

Nora Roberts
Die Donovans 2
Die Spur des Kidnappers
Band-Nr. 25177
6,95 € (D)
ISBN: 3-89941-235-4

Nora Roberts
Die Donovans 3
Das geheime Amulett
Band-Nr. 25197
6,95 € (D)
ISBN: 3-89941-290-7

Nora Roberts
Die Donovans 4
Der verzauberte Fremde
Band-Nr. 25205
6,95 € (D)
ISBN: 3-89941-298-2

Emilie Richards
Sehnsucht nach Neuseeland
Band-Nr. 25203
6,95 € (D)
ISBN: 3-89941-296-6

Vorschau
Dieser Roman erscheint im März 2007

Emilie Richards
Das Geheimnis
des Opals
Band-Nr. 25214
6,95 € (D)
ISBN: 978-3-89941-331-1

Emilie Richards
Glut der Liebe
Band-Nr. 25172
6,95 € (D)
ISBN: 3-89941-230-3

Heather Graham
Die Nacht des Tigers
Band-Nr. 25195
6,95 € (D)
ISBN: 3-89941-288-5